가끔은
웅크리고 있어도
괜찮아

복잡다단한 어른들의 세계에서 길을 잃은 너에게

가끔은 웅크리고 있어도 괜찮아

초판 1쇄 발행 2018년 6월 3일
초판 2쇄 발행 2018년 12월 26일

지은이 김단
그린이 이영채

책임편집 김소영
홍보기획 문수정
디자인 신묘정

펴낸이 최현준·김소영
펴낸곳 빌리버튼
출판등록 제 2016-000166호
주소 서울시 마포구 양화로 15안길 3 201호(윤현빌딩)
전화 02-338-9271 | **팩스** 02-338-9272
메일 contents@billybutton.co.kr

ISBN 979-11-88545-18-6 03810
ⓒ 김단·이영채, 2018, Printed in Korea

이 도서의 국립중앙도서관 출판예정도서목록(CIP)은 서지정보유통지원시스템 홈페이지(http://seoji.nl.go.kr)와
국가자료공동목록시스템(http://www.nl.go.kr/kolisnet)에서 이용하실 수 있습니다.(CIP제어번호:CIP2018015141)

복잡다단한
　　어른들의 세계에서
길을 잃은 너에게

글 김단 | 그림 이영채

가끔은
웅크리고 있어도
괜찮아

빌리버튼
billy button

프롤
로그

몸은 다 컸지만
마음은 여전히 성장 중인 어른이에게
어릴 적 친구들이 보내는
위안의 메시지。

"지금껏 읽은 책 중에 가장 감명 깊게 읽은 책은 뭐야?"라는 질
문을 종종 받는다. 취미계의 클리셰이긴 하지만 독서라는 취미
생활을 꽤 오랫동안 유지해온 걸 아는 지인들은, 기대에 찬 눈
빛으로 내 대답을 기대하곤 한다.

음… 나는 잠시 갈등한다. 좀 지적으로 보이려면 어떤 책들을
말해야 할까? 프란츠 카프카의《변신》, 밀란 쿤데라의《참을 수
없는 존재의 가벼움》, 마르셀 프루스트의《잃어버린 시간을 찾
아서》? 하지만 나는 고개를 가로젓고 이내 대답한다.

"내가 가장 감명 깊게 읽은 책은《어린 왕자》,《내 이름은 삐

삐 롱스타킹》,《빨강머리 앤》이야."

"에잇 뭐야, 다 어릴 때 읽은 책이잖아."

다소 실망스럽다는 반응들. 하지만 아무리 생각해도 나는 그 책들만큼 위로가 되는 책들을 보지 못했다. 재미도 재미지만, 어릴 때는 미처 깨닫지 못했던 삶의 지혜들에 매번 놀라곤 한다. 마치 고민 해결 마법책처럼 어느 페이지를 펼쳐도 나오는 삶에 대한 간단하고 따뜻한 해석들.

여행을 앞두고 매년 반복되는 영어울렁증에 진즉에 영어공부 좀 해둘 걸 후회하는 내게, 어린 왕자는 이런 말을 해준다. 매일 아침 하루 30분씩 B612에 자라고 있는 바오밥나무 뿌리를 제거해두면 나무 뿌리가 자라 행성을 파괴하는 것을 막을 수 있다고. 지금부터 시작해도 늦지 않았다며 하루 30분씩 영어 공부를 해보라는 답을 건넨다.

물론 어른이 되고 만난 좋은 책들도 많다. 나는 어른이 되어서 읽은 책을 통해 삶을 알았고 나아갈 방향도 깨달았다. 그러나 마음이 어지러울 때 나에게 위로와 공감을 주는 책은 어린 시절 읽었던 동화책들이다. 동화 속 친구들은 몸도 크고 나이도 먹었음에도, 실수를 반복하고 어떻게 살아야 하는지 답을 찾기 위해 방황하는 내게 '어른인데 왜 그래?', '나이가 몇인데?' 라고 질책하지 않는다. 원래부터 잘하는 사람은 없다고 가끔은 웅크리고 있어도 괜찮다고 속삭여준다.

모두가 잠든 밤 동화 속 친구들을 상상하며 속상했던 마음을 잠재웠던 어린 시절의 그날처럼, 어지러운 마음에 잠이 오지 않을 땐 동화 속 친구들을 하나둘 소환해보는 건 어떨까.
어린 왕자, 말괄량이 삐삐, 빨강머리 앤과 주디, 하이디와 오즈의 마법사의 도로시와 친구들까지.
어리지만 따뜻한 마음씨를 가지고 있고, 걱정 많고 소심하지만 스스로 역경을 헤쳐 나가고, 어려움 속에서도 일상의 행복을 찾아가는 지금의 나와 다를 바 없는 동화 속 친구들.

내 삶의 짐은 내가 짊어지고 스스로 길을 찾아가야 한다. 복잡다단한 어른의 세계에서 길을 잃었을 때 어둠 속에 하나둘 떠오르는 별처럼 반짝반짝 길을 비춰주는 친구가 있으니 소소한 위로가 된다. 위안이 된다.

1.
나와 친해지고 싶은
어느 날

내가
좋아하는 것들

정말로 행복한 나날이란

멋지고 놀라운 일이 일어나는 날이 아니라

진주알들이 하나하나 줄로 꿰어지듯이

소박하고 자잘한 기쁨들이

조용히 이어지는 날들인 것 같아.

허밍버드클래식 9 《에이번리의 앤》 · 루시 모드 몽고메리 지음 · 허밍버드

수첩을 펴고 내가 좋아하는 것들을 연필로 써내려가보자.

연필로 적는 이유는

사각사각 써내려가는 연필 소리가 좋아서이기도 하지만,

취향은 언제고 바뀔 수 있는 것이니까.

아이스 카페라테, 삼겹살 먹고 다방커피, 목욕 후 커피우유, 토
스트에 커피, 수영 후 커피, 치킨, 맥주, 치킨에 맥주, 양념치킨,
딸기, 딸기우유, 매주 월요일 도서관에서 책 빌리기, 도서관의
책 냄새, 도서관 길, 정렬된 책들 사이, 도서관 등나무 아래 하
얀 벤치, 벚꽃 피는 4월, 사과꽃향기, 늦여름 아오리 사과, 맑
은 하늘, 구름 낀 하늘, 눈 오는 하늘, 소리 없이 눈 오는 창밖
바라보기, 비 오는 날 음악 듣기, 토이, 김동률, 윤종신, 뉴 트
롤즈, 무한궤도, 가고 싶은 나라 여행책 읽기, 애거사 크리스
티 전집 모으기, 헌책방 구경하기, 서점에서 베스트셀러 구경
하기, 아무도 없는 카페에서 잡지 보기, 그림책 보기, 예쁜 카
페 구경하기 등등.

내가 좋아하는 물건들이

좋아하는 풍경들이

좋아하는 음악들과 음식들과 사람들이

진주알처럼 줄줄이 꿰어져 나오는 순간

느껴지는 벅찬 행복감.

언제일지 모르는 불확실한 꿈과 먼 미래를 기대하는 것보다

작지만 확실한 행복을 느끼는 지금 이 순간이 더 좋다.

누구나
자신만의 정원이
필요하다

> 기운 빠지게 만드는 나쁜 생각들이 마음속에 들어올 때
>
> 용기를 주는 좋은 생각들을 떠올리면서 단호하게 밀어낸다면
>
> 누구에게나 놀라운 일이 벌어질 수 있다.
>
> 한 마음에 두 가지 생각이 있을 수는 없으니까.
>
> 얘야, 네가 장미를 가꾸는 곳에는 엉겅퀴가 자랄 수 없단다.

《비밀의 화원》 · 프랜시스 호즈슨 버넷 지음 · 인디고

시인 폴 발레리는 말했어.

"생각대로 살지 않으면 사는 대로 생각하게 된다"고.

생각하며 살기 위해서는 누구나 자신만의 정원이 필요하지 않을까. 곱사등이에 병약했던 콜린, 그리고 혼자서는 아무것도 할 수 없었던 메리가 정원을 가꾸고 꾸미면서 건강을, 건강한 마음을 갖게 됐던 것처럼. 마음의 정원 속에 씨앗을 뿌리고 가꿔나가는 무언가가 있다면 그것으로부터 하루치 지친 마음을 달래고 꿈을 키워갈 수 있을 거야.

내 마음에 정원이 되어주는 것이 있다면 그건 나의 도서관 생활이야. 취미계의 독보적인 클리셰라고 할 수 있는 독서가 바로 내 취미이지만 거기에 도서관 생활이라는 부록이 붙어 좀 더 특별해졌지. 책은 주로 삼청동에 위치한 정독도서관에서 빌려. 서울에서 가장 큰 도서관이기도 하지만 책을 빌리러 가는 길 자체가 즐거운 곳이기 때문이야. 살고 있는 대학로에서 자전거나 버스 혹은 걸어서 그곳에 가는데, 창경궁 돌담길 계동과 화동의 아기자기한 길을 거쳐야 해. 도서관에는 80년대 정취를 물씬 풍기는 투박한 정원이 있어서 즐거워. 너른 잔디밭과 등나무 아래 놓인 하얀 벤치 같은 것 말이야. 햇살이 좋은 날 등나무 아래로 샤워기에서 쏟아져나오는 물줄기처럼 쏟아지는 햇살을 받으며 책을 읽고 있으면 벅차오르는 행복감에 가슴이 뻐근해지곤 해. 장소가 좋으니까 자주 가게 됐고, 그래서 책을 읽게 됐고, 대여를 했으니 반납해야 했고, 반납하러 간 김에 또 책을 빌려 오고. 그렇게 시작된 나의 도서관 생활도 어언 20년이 다 되어가.

단조로운 나의 일상이 지리멸렬해질 때도, 인간관계 때문에 삶이 피곤해질 때도, 도서관에 갈 생각만 하면 기분이 좋아지곤 했어. 그곳에 가면 늘 마음 편한 공간이 나의 일상을 심심치 않게 만들어주었으니까. 정답은 없지만 삶에 대한 힌트를 주는 여러 권의 책들까지 있었으니, 오래 가꿔 풍성해진 내 마음의 정원 덕분에 마음이 좀 더 튼튼해진 느낌이야.

내겐 도서관 생활이 마음의 정원이라면 영화 〈비긴 어게인〉의 댄과 그레타의 마음의 정원은 음악이었어. 음악 영화 〈비긴 어게인〉의 원제는 〈Can a Song Save Your Life〉. 노래가 당신의 삶을 구원할 수 있다, 라는 뜻이지. 오랜 연인을 잃고 실의에 빠져 있던 댄과 그레타는 함께 음악으로써 상처를 치유받았어. 처음에는 어둡고 우울했던 그들의 표정도 뉴욕 곳곳을 돌아다니며 음반 작업을 하며 점점 빛이 나게 돼. 옥상에서 녹음하는 장면을 떠올려봐. 뉴욕의 멋진 야경이 펼쳐진 옥상에서 경쾌한 음악에 발장단을 맞추고 어깨를 들썩이며 녹음을 하던 그들의 환한 얼굴빛을. 그들에게 음악은 영혼을 어루만져주고 새로운 일을 열망하게 만드는 그들 마음의 정원이었던 것이지.

누군가는 그림,

누군가는 요리,

또 누군가는 틈틈이 떠나는 여행,

누군가는 빈티지 인형 모으기.

마음의 정원에 무엇을 키우고 가꾸느냐는 각자 다르겠지만, 누구든 마음의 정원이 풍성해지면 매일 똑같은 평범한 일상도 어느 순간 더 빛이 나게 되지 않을까.

　"난 이래서 음악이 좋아. 이런 평범한 일상들도 음악을 듣는 순간, 진주처럼 아름답게 빛나거든."

뉴욕의 밤거리를 쏘다니며 그레타와 함께 음악을 듣던 댄이 말했던 것처럼 말이야.

부정보다는 긍정,
긍정보다는 애정

"이건 일이 아니라 재미로 하는 거야.

이렇게 재미있는 건 세상에 또 없을걸!"

"재미있다고?"

"그럼, 처음엔 일 같아서 싫었는데

이젠 손 놓기가 싫어졌지 뭐니?"

———

《톰 소여의 모험》· 마크 트웨인 지음 · 삼성당

하기 싫은 일을 해야 할 때는 톰의 '담장 칠하기' 에피소드를 떠올리곤 한다. 일 속에 숨어 있는 재미를 찾아내는 거다. 부정하거나 투덜거린다고 하기 싫은 일이 해결되는 것도 아니니까. '담장 칠하기'라는 평범한 노동이 좀처럼 경험해볼 수 없는, 특별한 일이라는 것을 강조한 순간, 톰의 친구들에게는 꼭 한번 해보고 싶은 특별한 놀이가 됐던 것처럼.

어떤 일이든 단점보다 즐거움을 먼저 찾으면, 어느 순간 그래도 해볼 만한 일로, 견딜 만한 순간으로 변해간다.

설거지, 세탁, 청소는 귀찮지만
깨끗하게 포개진 그릇, 햇볕에 잘 마른 뽀얀 빨래,
반짝반짝 윤이 나는 마루를 보면 한없이 개운해지는 것처럼.
포근한 이불 속을 빠져나와야 한다는 건 아쉽지만
30분 아침 운동이 상쾌한 바람과
따사로운 아침 햇살을 맞게 해주고

청바지 위로 삐져나왔던 뱃살을 없애주는 것처럼.

회사 다니는 건 힘겹지만

돌아오는 월급날의 기쁨은 그 무엇에도 비할 수 없는 것처럼.

모든 일에

부정보다 긍정,

긍정보다 애정을

가지게 되면

하루하루가 더 즐거워진다.

삶은 달걀,
아니 셀프

삐삐가 부모님도 없이 혼자 산다니까

깜짝 놀란 아니카는 되묻는다.

"그럼, 잘 시간을 일러주는 일은 누가 해?"

삐삐가 말했다.

"내가 하지. 처음엔 아주 다정하게 '이제 자야지' 하고 말해.

내가 들은 척도 안 하면 좀 더 무섭게 말하지.

그래도 듣는 둥 마는 둥 하면 할 수 없이

엉덩이를 찰싹 때려줘. 알겠니?"

《내 이름은 삐삐 롱스타킹》· 아스트리드 린드그렌 지음 · 시공주니어

세상에서 가장 힘든 싸움은 자신과의 싸움이다.

5분만 더, 10분만 더, 매일 아침 이불 속에서.

다이어트 선언 후, 생크림케이크와 치맥 앞에서.

오늘은 꼭 원고를 끝내자, 했건만 스르르 감기는 눈꺼풀.

사소한 일에 투덜투덜,

별것도 아닌 일에 짜증,

별 뜻 아닌 말에 발끈,

너그럽고 긍정적으로 살자고 다짐했지만

좀처럼 종잡을 수 없는 마음.

세상에서 가장 무거운 육체를

세상에서 가장 가벼운 마음을

세상에서 가장 친해지기 어려운 나 자신을

스스로 칭찬하고 다독여서

나아간다.

삶은,

셀프니까.

삶에선,
모두가 아마추어

66

인생이라는 책에는

결코 '정답'이 나와 있지 않아.

《스누피와 친구들의 인생 가이드》 · 찰스 M. 슐츠 지음 · 오픈하우스

99

인생에 있어선 모두가 처음이라 대부분 정답을 향해 우왕좌왕하며 '아마추어' 티를 내지만 가끔 '프로' 같은 면모를 유지하는 사람도 있기 마련이야.

고등학교 땐 현주라는 친구가 그랬어. 친구들 모두가 사소한 것에 삐지고, 친구관계를 힘들어하고, 입시 걱정에 세상 온갖 고민을 다 짊어진 것처럼 행동할 때 그 애만은 늘 웃는 얼굴로 "공부가 재밌는 사람이 어디 있니? 하다보면 언젠가 잘하게 되겠지!" 하고 무한긍정으로 친구들을 응원해주고는 했지.

한번은 야간자율학습시간에 옥상에서 수다를 떨다 선생님께 들켜 손바닥을 열다섯 대나 맞았어. 아침 일곱 시 반에 등교해서 밤 열 시 반까지 학교에서 지내는 우리들에게 탁 트인 옥상과 친구들과의 수다는 유일한 숨구멍이었는데, 자율학습시간에 잠시 자리를 비웠다는 이유로 건장한 체구의 남자 선생님께 플라스틱파이프로 열다섯 대나 맞은 거야. 지금 같으면 상상할 수도 없는 인권유린이 90년대에는 아무렇지 않게 참 많이도 이뤄졌었거든.

그날 선생님에게 뭔가 기분 나쁜 일이 있었던 게 분명해.

억울하고 분한 마음에 아픈 손가락을 부여잡고 하교하는데 그날따라 장맛비가 억수로 쏟아지는 거야. 우산은 있었지만 부은 손바닥이 차가운 빗물에 닿으면서 쓰라려 우산 들기도 버거웠지. 그런데 현주가 갑자기 길을 가다가 멈춰 서더니 우산을 획 던져버렸어.

"에잇, 성가시다. 내가 재미있는 거 보여줄까? 짠, 내 손 봐라.
진짜 돼지 손 같지?"

원래 잘 붓는 그 애의 손은 그야말로 퉁퉁 부어 손가락이 다 붙어 있는 것처럼 보였어. 그야말로 돼지 손이었어. 웃음이 빵 터지고 말았지.

"내 손도 만만치 않아."

붓지는 않았지만 불에 덴 듯 빨간 내 손은 꼭 닭발 같았어.

우린 우산을 던져버린 채 장대비를 맞으며 서로의 퉁퉁 부은 손바닥을 보며 한참을 웃다가 또 울었어. 그리고 하늘을 향해 소리쳤지.

"에잇, 엿 같아!"

아픔은 사라진 지 오래였고 빗물웅덩이를 신나게 밟고 차며 집으로 돌아왔던 유쾌한 기억.

그땐 현주가 다른 애들에 비해 성숙하다고 생각했지만 지나고 보니 그게 아니었어. 어떠한 경우에도 유머를 잃지 않았던 친구는 삶에 프로였던 게 아니라, 그저 자신 인생의 장르를 미리

정해뒀던 게 아니었을까?

유쾌발랄한 에세이로 말이야.

인생이란 책에 '정답'은 없어.

아마추어인 우리 모두가

각자 자신만의 장르를 찾아가는 과정인 거야.

내 책의 장르는 아직까진 잔잔한 에세이 같아.

아주 보통의 가정에서 태어나 공부도 중간

이렇다 할 재능도 없고, 예쁘지도 못생기지도 않은

모든 것이 평범한 주인공.

이렇다 할 고난이나 역경도 없었고

심금을 울릴 만한 러브스토리도 없었고

뭐 하나 성공을 거둔 일도 아직은 없지만

그래도 자랑할 만한 것이 있다면

꾸준히 두 가지를 해왔다는 거야.

글쓰기와 그림 그리기.

신춘문예나 영화공모전에 당선되고, 촉망받는 독립영화감독
이 된, 인생 초반에 화려한 서사를 가진 친구들을 부러워한 적
도 있었어.
하지만 그들의 책은 그들의 책이고 내 책은 내 책.
아직까지 강력한 한 방은 없지만 가늘고 길게 하다보면 언젠
가 되지 않을까.

내 멘토는 54세에 쓴 데뷔작으로 세계적 베스트셀러 작가가
된 스티븐 요나손이야.
그 나이를 넘기면 62세의 동화작가 윌리엄 스타이그를, 그 나
이도 넘기게 되면 99세의 시인 시바타 도요를 바라보며 정진
할거야.
하하하, 그 나이까지는 아직 시간이 차고 넘치니까.
잔잔한 에세이는 언제든 느린 성공기로 바뀔 수도 있지 않을까.

나는,

내 인생의 장르가 아직까지는 마음에 들어.

너의 바오밥나무는
뭐야?

"

아침에 몸단장을 하고 나면

정성들여 별의 몸단장을 해주어야 해.

규칙적으로 신경을 써서 장미와 구별할 수 있게 되는 즉시

곧 그 바오밥나무를 뽑아버려야 하거든.

바오밥나무는 아주 어렸을 때에는

장미와 아주 비슷하게 생겼어.

그것은 귀찮은 일이지만 쉬운 일이기도 하지.

《어린 왕자》 · 생텍쥐페리 지음 · 소담출판사

아주 작은 소행성 B612.

그곳에서 어린 왕자는 바오밥나무의 씨앗을 제거하는 일로 하루의 일과를 시작한다. 커다란 바오밥나무가 무럭무럭 자라기 시작하면 작은 소행성인 B612는 그 뿌리 때문에 산산조각이 나고 말 테니까.

행성 B612를 위협하는 불안의 씨앗을 제거하는 데 걸리는 시간은 고작 30분 남짓.

매일 30분의 운동만으로
토성의 고리 같은 허리 두께를 줄일 수 있고
매일 30분의 영어공부만으로
여행지에서 반복되는 영어 울렁증을 극복할 수 있고
매일 30분의 산책만으로
짜증스러운 마음을 힐링할 수 있고
매일 30분의 독서만으로

마음의 양식이 쌓일 수 있고
매일 30분의 다정한 대화만으로
가족들과 더 가까워질 수 있는데

귀찮다는 핑계로, 시간이 없다는 변명으로 방치하다가
눈덩이처럼 커져버린 마음속 불안들.
불안의 씨앗이 자라지 않게 하려면

매일매일 조금씩
캐. 내. 면. 된. 다.
어린 왕자처럼.

개미와
매미

"

"날도 더운데 뭘 그리 힘들게 일을 하니, 좀 쉬었다 하렴.

나처럼 노래도 하고 말이야."

"우린 시간이 없어. 지금 먹이를 준비해놓지 않으면

겨울에 모두 죽고 말 테니까."

《이솝 이야기 – 개미와 베짱이》 · 이솝 지음 · 꿈소담이

"너 그러다 베짱이처럼 된다."

조금이라도 게으름을 부릴라 치면 어른들은 줄곧 이솝이 쓴 〈개미와 베짱이〉 이야기를 하며 내게 말씀하셨어. 공부를 안 해도, 청소를 안 해도, 숙제를 안 해도, 무조건 〈개미와 베짱이〉 이야기를 하는 거야. 그런데 원래 이솝의 원작에선 '개미와 베짱이'가 아니라 개미와 매미였다고 해. 하지만 북유럽을 비롯한 서늘한 기후의 나라에는 매미가 서식하지 않기 때문에 모든 사람들이 이해할 수 있는 베짱이로 바꾸는 편이 낫겠다고 생각했나봐. 매미나 베짱이나 여름 내내 노래하는 건 마찬가지니까.

여름이면 당연하게 들리는 줄 알았던 매미 소리가 북유럽이나 미국 북부, 캐나다 등지에서는 들리지 않는다니 세상에 당연한 건 없다 싶어. 태어나서 처음 매미 소리를 듣는 사람들은 그 소리가 텔레비전 전파 소리나 전기가 합선되는 소리처럼 들려 매우 불안해한다니 참 신기하지.

여러모로 매미를 베짱이로 바꾼 건 탁월한 선택인 것 같아. 베짱이와 매미 둘 다 여름날 쉴 새 없이 노래하는 곤충이긴 하지만 느낌이 정말 다르거든.

베짱이가 통기타 가수 느낌이라면 매미는 강렬한 사운드를 자랑하는 헤비메탈 그룹처럼 느껴져. 뜨거운 여름날, 그렇지 않아도 피가 끓는데 강렬한 아우라를 내뿜으며 시끄럽게 노래하고 있다고 생각해봐. 일은 해야 하는데 몸은 근질근질, 제 아무리 개미라도 헤드뱅잉을 하며 당장 일손을 멈추고 달려 나가고 싶지 않을까.

  "인생 뭐 있어. 일단 즐기고 보는 기야!"

오늘만 살 것처럼 뜨겁고 강렬하게, 열정적으로 살다가 겨울이 되기 전에 에너지가 소진되어 죽게 되는 삶. 매미를 생각하니 그것도 나쁘지 않다 싶어. 그렇게 된다면 이솝의 〈개미와 매미〉

는 초등학생들이 읽어야 할 필독서가 아니라 어린아이들은 읽으면 안 될 금서가 되어서 우리는 모르는 이야기가 됐을 거야. 아무렴, 그랬을 테지.

〈개미와 베짱이〉는 〈흥부와 놀부〉, 〈토끼와 거북이〉와 함께 가장 많이 재해석된 동화야. 그만큼 원작에 불만이 많은 사람이 많았다고 볼 수도 있어. 〈개미와 베짱이〉 이야기에 거부감이 드는 가장 큰 이유는 아마도 개미에게 감정이입이 돼서가 아닐까? 미래만 보고 가다 현재를 희생하는 삶, 일에 지쳐 삶의 가장 좋은 때를 놓쳐버리고 마는 개미의 모습이 바로 자신의 모습과 닮았으니까.

그런가 하면 직업의 다양성이라는 시각으로 재해석한 레오 리오니의 《프레드릭》이라는 그림책도 있어. 개미가 노동자라면 베짱이는 고된 노동의 시간을 잊게 해주고 위안을 주는 문화예술인이라는 해석이야. 난 이 버전이 마음에 들어.

들쥐들 세계에서 베짱이처럼 일을 안 하는 쥐 한 마리가 있어. 그 쥐의 이름은 바로 프레드릭. 동료 들쥐들이 프레드릭에게 넌 왜 일을 안 하냐고 묻자 프레드릭은 대답해. 춥고 어두운 겨울날을 위해 햇살과 이야기를 모으고 있는 중이라고. 친구들은 이해할 수 없었지만 프레드릭을 몰아세우지는 않아.

그리고 돌아온 추운 겨울. 곡식도 떨어지고 봄은 아직 먼 날이라 절망만 남은 어느 날, 프레드릭이 친구들을 모아두고 이야기를 꺼내. 자신들을 행복하게 했던 따뜻한 햇살에 대해, 그리고 다른 여러 재미있는 사건들에 대해서. 그렇게 들쥐들은 겨울을 무사히 보낼 수 있었다는 이야기.

모두 다 똑같은 일을 한다고 생각해봐.
그래서 책도 영화도 아이돌도 인터넷뉴스도 없었다면
얼마나 우리의 삶이 심심했을지.
저마다의 일은 모두 소중해.

반려
식물

66

엄마, 나 어쩌면 곧 나아서 일어날 수 있을 것 같은

생각이 들어요.

해님이 하루 종일 따뜻하게 비춰주면

완두가 기운 나서 쑥쑥 자라겠지요.

그러면 나도 기운을 차릴 수 있을 것 같아요.

―――――

《안데르센 동화집 - 완두 다섯 알》· 안데르센 지음 · 꿈소담이

도서관에서 재미있는 책을 발견했다. 제목은 《반려식물》. 반려자, 반려동물은 들어봤어도 반려식물이란 말은 처음이었다. 반려라는 말은 '짝이 되는 동무'라는 뜻인데 고개를 끄덕이거나 꼬리를 흔들 수도 없는 식물이 어떻게? 의아했다. 키우기 가장 쉽다는 선인장마저 죽이기만 하는 나이니……

책 속에서 식물들은 말없이 곁에서 지켜주는 좋은 친구였다. 과연 그럴까? 그날 오후 레몬청을 담그다가 남은 레몬 씨를 카페 뒤편 화단에 심었다. "얼른 자라나렴." 흙을 덮고 나선 토닥토닥 얼러주었다.

하루 이틀 사흘…… 한 달 뒤 잊을 만하니 흙을 뚫고 불쑥 솟은 연둣빛 여린 잎들. 살살 잎사귀를 손끝으로 문질러보니 레몬 향기가 나는 듯했다. 아침에 한 번, 점심에 한 번, 지나가다 한 번, 잠깐 들여다봐주면 제 알아서. 무럭무럭 순하디 순한 아기를 키우는 듯 예뻤다. 레몬청을 담글 때마다 무한 생산되는 레몬 씨를 생각날 때마다 심었고 어느 정도 자라면 일회용 테이크아웃잔에 옮겨 담아 사람들에게 나눠주었다.

"와, 이게 레몬나무 모종이에요?" 작고 여린 잎을 신기해하며 기뻐하는 사람들을 볼 때마다 생명을 키워냈다는 뿌듯함이 느껴졌다. 좁은 창틀 사이에서 자라난 완두콩을 바라보면서 병든 소녀가 느낀 감정을 알 것도 같았다.

식물을 찬찬히 살피다보면 바람과 비와 햇빛을 읽게 된다. 바람에 섞인 비의 냄새를 맡고 창가에 화분을 내어놓고 한낮을 피해 따사로운 햇빛을 쪼여주는 일을 반복하다보면 계절이 오고 가는 걸, 허투루 흐르는 시간이 없다는 걸 알게 된다.

매일 똑같은 것 같지만 하루하루가 다르다고,
말없이 보여주는 짝이 있으니
소소한 기쁨을 넘어 위로가 된다.

자신과
친해진다는 것

"

앨리스는 언제나 자기에게 도움이 되는 생각을

혼자서 하면서 스스로 타이르는 버릇이 있었다.

어떤 때는 너무 나무라다가 스스로 눈물을 흘리기도 했고

또 어떤 때는 혼자서 공놀이를 하다가 자신을 속였다고

제 뺨을 때린 일도 있었다.

《이상한 나라의 앨리스》 · 루이스 캐럴 지음 · 삼성당

어릴 땐 앨리스가 그저 동화 속에 존재하는 별난 친구라고 생각했어. 그런데 커가면서 어느 순간 앨리스처럼 나 자신과 대화하고 있는 나를 발견했어. 뭔가 중요한 결정을 해야 하는 순간이나 외롭고 힘들 때면 앨리스처럼 "이봐, 누구나 겪는 거라구, 힘을 내⋯⋯", "울지 마, 바보야." 하고 스스로를 타이르거나 달래는 거야.

자신의 마음을 들여다보고 이야기를 나누다보면 그것이 외로움이든 슬픔이든 괴로움이든 고민이든 입 밖으로 꺼내는 것만으로도 해결이 될 때가 있어. 나의 이야기를 가장 인내심 있게 들어주는 것도, 귀를 기울여 들어주는 것도 나 자신이니까. 그래서 자신과의 대화는 늘 자신이 좀 더 유리한 쪽으로 결론이 날 수밖에 없는 것 같아.

"이봐, 앨리스. 아무리 울어도 소용없다구."

앨리스는 울면서 속으로 자기 자신을 타일렀어.

"그래, 울지 마, 울면 바보야."

몸이 작아져 열쇠가 놓인 테이블에 올라갈 수 없었을 때, 앨리스는 처음엔 당황해서 울었지만 이내 속으로 자신을 타일렀어. 그처럼 자기 자신과 대화를 하다보면 관심을 가지고 있는 것들은 물론 고민과 두려움, 미움과 분노의 감정을 들여다볼 수 있게 되고 그래서 더욱 자신과 친해지게 돼.

자신과 친해진다는 것은 자신의 삶을 주체적으로 살아갈 수 있는 세계관을 획득하게 되는 것 아닐까?

자신이 처한 문제들에 스스로 질문하고 대답을 내릴 수 있게 되면, 또한 혼자 결정할 수 있게 되면 더 이상 소모적인 관계에 연연할 필요도 없으니까. 누군가에게 기대지 않아도 되니까.

고등학교 때 친구들과 무리지어 다니던 거 기억해? 삼삼오오 모여 쉬는 시간이면 매점을 들락거리고 책상을 붙여 도시락을 까먹고, 뭐가 그렇게 좋았는지 깔깔거리곤 했지. 하지만 그렇게 한 무리의 친구들 속에 끼여 있으면서도 난 외로운 적이 많았어. 마음이 맞지 않았지만 혼자 있는 게 두려워 무리에 속해 있었던 시절, 관심 없는 이야기에 맞장구를 치고 좋아하지 않는 것을 듣고 보면서 누군가에게 맞춰주어야 했거든.

물론 대학생활, 사회생활로 이어지는 삶 속에서도 수없이 누군가와 관계를 맺고 살아왔지. 하지만 지금은 그때처럼 혼자가 될까봐, 외로울까봐 억지로 관계를 이어나가지는 않아. 지금의 난, 나와 친해졌거든. 혼자서도 씩씩하게 내 짐을 내가 짊어지고 내가 가진 문제들을 스스로와 대화하며 해결할 줄 알게 됐어.

웃고 떠들며 우르르 몰려다녔던

한 무리의 친구들 속에서
정작 나는 없었던 그때의 나보다
혼자서도 뭐든 척척,
가장 친한 건 나 자신이라고 말할 수 있는
지금이 더 좋은 것 같아.

나는 단지
조금 다를 뿐이야

미운 오리 새끼에서 새롭게 태어난 어린 백조는

그동안의 설움이 한꺼번에 사라지는 기분이 들었다.

기다란 목을 쭉 내밀고 조용히 헤엄을 치는 어린 백조에게

따스한 햇살이 눈부시게 내리쬐고 있었다.

《미운 오리 새끼》 · 안데르센 지음 · 삼성당

세상엔 수많은 미운 오리 새끼가 존재한다.

세상은 '다름'을 인정하지 않고 '틀림'으로 받아들이니까.
저마다 생김새도 다르고 잘하는 것도 다르지만
똑같은 기준을 적용해 끊임없이 눈치 보며
남들과 비슷한 수준으로 살아가는 데 익숙해진 우리에게

"넌 남들과 달라. 지금은 아니지만 언젠가 넌 멋지게 하늘을
날 수 있어. 그러니까 지금은 견뎌야 해."

라고 친절한 희망을 던져준 미운 오리 새끼.

그 근거 없는 자신감을 근거 있도록 만들고자 한다면
더 이상 '다름'에 눈치를 보지 말고
좀 더 특별한, 나 자신을 찾는 데 집중해야 한다.

아무것도 하지 않고

그저 불만만을 가진 채 커나간다면

우리는 미운 오리 어른이 될 수밖에 없으니까.

꿈이 생겼다는 것,
그것만으로도 충분해

"

"여기야말로 우리들이 꿈꾸던 브레멘이에요.

모두 사이좋게 잘 지냅시다."

브레멘의 음악가들은 오두막집에 살면서

행복의 음악을 연주했어요.

《브레멘 음악대》 · 그림 형제 지음 · 교원

학창 시절 선생님들은 말했어. 위인전을 많이 읽으라고. 그럼 그들을 본받아 훌륭한 사람이 될 수 있을 거라고. 그런데 웬걸, 위인전을 읽으면 읽을수록 내가 왜 이 책을 읽고 있나 자괴감만 들었어.

그들은 모두 어릴 적부터 똑똑하고 총명한 인물들이었으니까. 여의주를 문 용꿈 따위는 기본 옵션으로, 유년기가 범상치 않은 사람들. 개중 특이케이스라는 에디슨마저 알을 부화시키기 위해 자신이 직접 품어보는 아이였으니 결코 평범하진 않았어. 과학자나 학자, 전쟁의 영웅은 물론 예술가들도 마찬가지였지. 총기가 아니면 똘기라도 있어야 했으니 나같이 평범한 사람들은 세상에 도움이 되긴 글렀구나. 자괴감만 들 수밖에.

특출한 재능은커녕 내가 뭘 잘하는지, 뭘 잘할 수 있는지도 모르겠는데 말이야. 그래서일까, 동화책 속의 잘난 공주, 왕자들보다 《브레멘 음악대》의 동물들 이야기가 좋았어. 늙고 병들어 버림받을 처지인데도 좌절하지 않고 꿈을 찾아 나아가는 이야기가.

　'쳇, 자신의 재능을 좀 천천히 찾아서 뒤늦게 성공할 수도 있
　지 않나?'

선생님들이 전교 1등을 바라보는 눈빛을 볼 때마다, 그림을 잘 그리고 음악을 잘하는 애들을 특별대우할 때마다 그런 생각이 들었지. 위인전은 그때부터 끊었어. 보면 뭐해, 남의 이야기인 걸. 대신 다른 위인전을 찾았어. 그야말로 위^慰인전. 평범하게 살다가도 언젠가 너만의 재능을 찾아 성공할 수 있을 거라고 나를 위로해주는 그런 이야기.

그러다 〈부에나비스타 소셜 클럽〉을 알게 됐지. 데뷔 앨범을 낼 당시에 평균 나이가 80세였던 쿠바의 밴드야. 미혼모의 삶을 살다가 《해리 포터》 시리즈를 쓰고 유명해진 조앤 롤링의

이야기도 마음에 들었어. 박완서 선생님도 아이들을 학교에 보내고 밥상에 앉아 글을 써서 마흔 살의 나이에 등단했대. 세계적인 치킨 프랜차이즈 KFC의 창립자 커넬 샌더스가 사업을 시작한 건 무려 65세였고. 앙리 루소의 그림을 좋아하게 되면서는 소박파라는 미술 사조를 알게 됐어. 앙리 루소는 22년 동안 파리의 세관원으로 근무하면서 취미로 그림을 그리다가 49세의 나이가 되어서야 정식으로 데뷔한 화가야. 앙리 루소처럼 취미로 활동을 하다가 자신만의 예술세계를 이끌어낸 화가들을 소박파라고 칭하는데 그들은 직장생활을 하면서도 일과를 마치고 한두 시간, 주말이나 휴가를 이용해 꾸준히 작품 활동을 했대. 정규교육을 받지 않았지만, 좋아서 꾸준히 하다보니 자신만의 독특한 화풍이 생겨난 거지.

바로 이거야, 나는 무릎을 쳤어.
꾸준히 오랫동안 좋아서 하다보니까
자신만의 뭔가가 생긴 사람들.

이 사람들이야말로 나의 위인이었어.

나같이 평범한 사람도 특출한 재능이 없는 사람도

무언가를 꾸준히 하다보면 될 수 있다고 말하고 있잖아.

소박파라는 이름도 뜻도 마음에 들어.

소박하지만 꾸준하게 꿈을 꾸는 사람들.

그렇게 꾸준하게 하다보면 그 과정만으로 충분히 행복할 거야.

잘돼서 이름을 날리면 그것 또한 좋고.

나도 이제부터 소박파가 되기로 결심했어.

이제부터 아주 오랫동안, 이뤄갈 꿈.

그 꿈을 소중하게 간직한 채

한걸음 한걸음 천천히 나아가기로.

남다른,
특별함

66

아, 안 돼. 주근깨가 더 생겨야 하는데

저긴 햇빛이 잘 들지 않잖아.

나는 내 주근깨가 정말 매력적이라고 생각하거든.

───────

《내 이름은 삐삐 롱스타킹》· 아스트리드 린드그렌 지음 · 시공주니어

99

눈에 보이는 자신의 모습이

모든 사람의 마음에는 들지 않을 수도 있다.

하지만 과연 모두에게 나를 잘 보일 필요가 있을까?

늘 신고 있는 짝짝이 양말이

얼굴 가득한 주근깨가

혼자 산다는 사실이

남들과 달라서 불리한 게 아니라

남들과 달라서 특별하다고

생각하는 삐삐처럼

내가 나를 가장 예쁘게 보았을 때

내가 가장 빛이 나는 것은 어쩌면 당연한 일.

주근깨 가득한 콧잔등이 잔뜩 주름지건 말건

크고 환하게 웃는 유쾌한 여자아이 삐삐.

그래서 그렇게 좋은 걸 거다.

삐삐가.

현재를
즐겨라

커다란 기쁨만이 소중한 것은 아닙니다.

조그만 기쁨에서 진정한 행복을 느낄 줄 아는 일이야말로

우리 인생에서 소중한 것입니다.

저는 행복의 비밀을 발견했어요.

아저씨, 그것은 현실에 만족하며 사는 것입니다.

과거의 일을 가지고 후회하거나

미래의 일을 가지고 걱정할 것이 아니라

현재의 생활에서 많은 기쁨을 창조해내는 것입니다.

《키다리 아저씨》· 진 웹스터 지음 · 삼성출판사

어쩌다 가끔 완벽하리만큼 아귀가 딱딱 맞는 하루를 맞을 때가 있다. 건널목을 건널라치면 파란불이고 가고자 하는 방향의 버스나 지하철이 바로 오고 초행길인데 약속장소를 헤매지 않고 단번에 찾는 날, 바로 오늘 같은 날이다.

도서관에서 책을 빌리고 집으로 돌아가는 길에 비가 쏟아지기 시작했다. 우산은 없었다. 자전거를 타고 가는 중이라 처마 밑으로 피하기도 난처했는데, 바로 앞에 창경궁 도보터널이 보였다.

'대박!'

얼른 도보터널로 들어갔다. 길이가 1킬로미터 남짓한 긴 도보터널이었다. 비는 금세 그칠 것 같지 않으니 근처 카페나 들어가서 커피나 한잔 마셔야겠다는 생각이 들었고 평소 가보고 싶었던 카페가 생각났다. 종묘 돌담길과 마주해 있어 루프탑에선 돌담 너머로 종묘의 단아한 정원이 보이는 카페였다.

　'이 근처 어디라고 들었는데.'

구글 지도로 검색해보니 맙소사, 딱 이 도보터널 끝에 위치해 있었다.

　'와, 오늘 무슨 날인가?'

도서관에서도 평소 읽고 싶었던 책 두 권이 신간 코너에 떡하니 꽂혀 있어서 냉큼 빌려온 터였다.

자전거를 타고 보도를 나와 얼른 카페 안으로 들어갔다. 따뜻한 라테와 스폰지케이크를 시키고 보슬보슬 조용하게 내리는 봄비를 보면서 빌려온 책을 읽었다. 카페는 아주 조용했고 고즈넉했다. 진한 카페라테와 막 빌려온 책의 따끈따끈한 문구에 마음이 조금씩 조금씩 벅차올랐다.

　행복이었다.
　사실 행복이란 이런 소소한 것들을 누릴 때
　가장 선명하게 다가온다.

가족의 화목과 건강, 부유함, 직업적인 성공, 꿈의 실현. 사람들
이 생각하는 행복의 목록들은 개인이 결정하고 조정할 수 있
는 사안이 아니다. 그 모든 것이 동시에 충족되기 또한 힘들다.
그러니 뜬구름을 잡기보다 내가 온전히 누리고 조정할 수 있
는 범위 내의 이런 작은 행복을 자주, 조금씩 누리는 게 행복을
얻는 실용적인 방법이 아닐까.

나를 둘러싸고 있던 고민들과 어깨를 짓눌렀던 책임들이 서
서히 페이드아웃되고 완벽하게 혼자가 되어 내 안의 감각들
에 집중하는 시간.

이런 시간이 나는 무엇보다도 좋다.

작지만 완벽한 행복이었다.

작지만 완벽한 행복.

요즘 유행하는 말로 하면 소확행이라고나 할까.

소확행은 '소소하지만 확실한 행복'의 줄임말로, 부와 명예, 성
공이나 꿈의 실현 같은 이루기 힘든 거창한 행복보다는 당장
실현시킬 수 있는 소소한 행복을 누리고 살자는 요즘 젊은이들
의 트렌드이다. 소확행 전에 유행했던 욜로 You Only Live Once 가 지
금 하고 있는 일을 내려놓고 여행을 떠나거나 새로운 일을 찾
는 등 용기와 도전을 주는 말이었다면 소확행은 자신의 일이나
일상을 그대로 유지하면서 생활 속에서 자신의 행복을 찾는,
좀 더 실용적이고 구체적인 행복의 방법인 것 같다.

그런데 사실, 문구가 다를 뿐 시대와 국경을 불문하고 현재의

행복을 중요시하는 말은 언제나 있어왔다.

아모르 파티Amor Fati, 네 운명을 사랑하라.

카르페 디엠Carpe Diem, 현재를 즐겨라.

비타비Vis ta Vie, 네 인생을 살라.

아모르 파티는 독일의 철학자 니체의 운명론을 지칭하는 단어로 현재에 도전하고 운명을 사랑하라는 뜻이다. 카르페 디엠은 라티아로 영화 〈죽은 시인의 사회〉에서 키팅 선생님이 젊은 제자들에게 해 던 인생 지침이다. 아침 여섯 시 반에 등교하여 늦은 밤 열한 시까지 야간자율학습을 하며 치열한 경쟁에 시달리던 당시 학생들에게 '오늘의 살라. 그것도 너만의 방식으로 너만의 인생을 살라'라고 말하는 영화 속 키팅 선생님은 말은 마음에 깊은 울림을 주었다.

1800년대를 살아간 니체부터

1980년대 영화 〈죽은 시인의 사회〉
현재의 젊은이들까지
시대도 다르고 나라도 다르지만
모두 같은 메시지를 품고 살아가고 있다.

자신의 삶을 살라. 인생은 한 번뿐이다.
지금 이 순간, 바로 오늘!

작은
친절

"모자라나요?" 나는 걱정스러운 목소리로 물었다.

위그든 씨가 가볍게 한숨을 쉬었다.

"아니, 너무 많구나. 잠깐만 기다려라,

거스름돈을 가져다 줄 테니."

─────

《이해의 선물》 · 폴 빌리어드 지음 · 길벗어린이

"아저씨, 죄송해요. 지갑을 잃어버렸나봐요. 자두는 다음에
사야겠어요."

받아든 검정 비닐봉투를 과일가게 아저씨에게 다시 내밀었다.
가방을 뒤집어 탈탈 털어봐도 지갑은 나오지 않았다. 아마도
버스에서 지갑을 무릎 위에 올려두었다가 허겁지겁 내리면서
떨어뜨린 모양이었다. 지갑에는 학생증과 은행카드, 달랑 현금
3,000원이 전부라 그리 아쉬울 것도 없었지만 며칠 전부터 먹
고 싶었던 자두만은 아쉬웠다. 그 당시 나는 과일은커녕 집 밥
도 제대로 못 챙겨 먹는 가난한 자취생이었으니까.

"학생, 지갑도 잃어버렸는데 먹고 싶은 것도 못 먹으면 얼마
나 속상하겠어. 오늘은 그냥 가져가서 먹어…… 지나가다 생
각나면 그때 주면 돼."

얼떨결에 받아든 검정 비닐봉투를 들고 집으로 돌아와 자두를

맛있게 먹었지만 나는 그 자두값을 끝내 갚지 못했다. 일부러 갚지 않은 건 아니었다. 그 뒤 며칠은 비가 와서 아저씨가 나오지 않았고 그 뒤 며칠은 기말 과제를 하느라 새벽에 길을 지나야 했고…… 그다음부터는 자리를 옮기셨는지 아저씨의 과일 노점은 보이지 않았다.

'역시 사람은 믿을 게 못 돼!'

아저씨는 실망했을 테고 다시는 그런 호의를 베풀지 않았겠지. 노천의 과일가게를 볼 때마다 스웨터 어딘가에 박혀 찾아지지 않는 가시처럼 마음이 계속 따끔거렸다. 배고픈 눈빛을 한 거리의 노숙자나 밥을 잘 챙겨 먹지 못하는 자취생을 볼 때도 그때의 자두가 생각나곤 했다. 늘 가슴 한쪽에 원죄처럼 남아 있는 자두값. 원금을 갚을 길 없는 나는 고리채를 쓴 것처럼 작은 친절들을 베푸는 것으로 차곡차곡 이자를 갚아나가는 수밖에 없다고 생각했다.

위그든 씨의 사탕가게에서 철없이 버찌 씨를 내밀었던 폴이 나중에 자신의 열대어가게에서 자신과 똑같은 아이들에게 푼돈을 받고 열대어를 주었던 것처럼.

　"저기요. 이거…… 아저씨 가방에서 떨어졌어요."

편의점 진열대에 놓인 빵을 한참이나 만지작거리며 마른침을 삼키던 아저씨. 허름한 옷과 행색은 영락없는 거리의 노숙자 모습이었다. 어떻게 하면 저 아저씨가 무안하지 않게 빵과 우유를 사드릴까를 고민하던 나는 주머니 속의 5,000원을 얼른 꺼내들고, 한참을 만지작거리던 빵을 두고 나가려던 아저씨를 붙잡았다.

발연기를 들킬까 5,000원을 건넨 나는 얼른 편의점을 나왔다. 잠시 멍하니 자리에 서 있던 아저씨는 다시 진열대로 가서 빵을 집어 들었다.

'먹고 싶은 것도 못 먹으면 얼마나 속상하겠어.'

얼굴도 목소리도 시간에 휘발되어버렸지만 마음을 저릿하게
만드는 따뜻한 언어로 남은 그 말을 나도 중얼거린다.

"먹고 싶은 것도 못 먹으면 얼마나 속상하겠어요."

원금은 갚을 길이 없지만
그때 받았던 따뜻한 마음을 다시 나누는 것으로
조금씩 조금씩 그 마음을 갚아나간다.

어두운 밤,
마음의 조약돌

"

"가자, 저 조약돌만 따라 걸으면 돼."
헨젤은 누이동생의 손을 잡고 걷기 시작했다.
깜깜한 밤. 조약돌은 새로 만든 은적처럼 반짝이며
두 아이에게 길을 가르쳐주었다.

———

《헨젤과 그레텔》 · 그림 형제 지음 · 삼성당

"

어릴 적 보았던 영화 〈부시맨〉에서는 아프리가 원주민들이 우
연히 발견한 콜라병 하나를 만능으로 사용하는 이야기가 나온
다. 사냥도 하고 곡식도 빻고 반죽도 밀고 빨래도 한다. 생활의
모든 곳에 걸쳐 사용하는 걸 보면서 당장 콜라병 빨래를 시도
했다가 엄마에게 등짝 스매싱을 당했던 기억.

물건은 아니지만 내게도 줄곧 써먹는 문장이 있다. 나는 그 문
장을 일상 곳곳, 삶의 굽이굽이마다 유용하게 쓰고 있는데 현
실 회피용, 이불킥 면피용, 급성마음진정제 등 삶의 어떤 경우
에도 기막히게 들어맞는다.

그 문장은 바로바로 '이 또한 지나가리라'.

지독한 슬럼프에도
누군가에게 마음이 다쳤을 때도
모든 것이 뜻대로 되지 않는 역경 속에서도

'이 또한 지나가리라'를 되뇌면

어느덧 마음이 진정되고

어둠을 빠져나갈 길이 보이기 시작한다.

옛 다윗 왕이 큰 기쁨을 절제시키는 동시에 절망했을 때

용기를 줄 수 있는 글귀로 반지에 새긴 것이

'이 또한 지나가리라'였다는데

기원전부터 지금까지 3,000년 이상 사용되고 있으니

이 문구야말로 부시맨의 콜라병, 헨젤과 그레텔의 조약돌인

셈이다.

늘 같은 자리에서,
무한한 사랑을

66

그리고 오랜 시간이 지난 뒤 소년은 다시금 돌아왔어요.

"여보게, 미안하게 됐군."

나무가 말했어요.

"자네에게 줄 것이라곤 아무것도 없으니 말이야.

사과도 다 떨어져버리고."

《아낌없이 주는 나무》 · 셸 실버스타인 지음 · 소담출판사

99

모든 것을 주면서도 변함없이 사랑할 수 있는 사랑이 과연 존재할까?

물론이다. 그것은 자식에 대한 부모의 사랑이다.

잎과 열매부터 시작해 가지와 줄기를 차례로 내어주고 마지막에는 몸통이 잘린 밑동까지 의자로 삼으라며 내어주는 사랑.

시어머니에게는 자식이 셋 있는데 그중 첫째아들 즉 나의 아주버님은 어릴 적 화재로 뇌병변 장애를 갖게 되었다. 그 탓에 신체도 정신도 온전하게 자라지 못했다. 정신연령은 일곱 살 수준에서 멈췄고 몸의 반쪽이 잘 자라지 못해 걸음걸이도 손을 쓰는 것도 온전치 못하다. 성인이 된 지금은 그나마 좋아졌지만 열여섯 살 이전에는 잘 걷지도 못해 한 시간 거리의 학교를 매일같이 업어서 데려다주셨다고 한다. 고생한 이야기를 쓰면 책 한 권으로도 모자란다고 종종 이야기하시는데 나는 그

크기가 가늠이 되지 않아서 그저 '힘 드셨겠다'라고 고개를 끄덕일 뿐이다.

그런 아주버님이 몇 해 전 대장질환으로 대수술을 받았다. 대장을 3분의 1이나 잘라내는 수술이었다. 다행히 수술은 잘 되었지만 수술 후 고통이 대단해서 마약성진통제도 잘 듣지 않았다. 어머님은 그런 아주버님 곁에서 잠도 주무시지 않고 팔다리를 끊임없이 주물러주셨다. 조금이라도 고통이 덜하게 해주려고 말이다.

연세가 있으신데다가 당뇨를 앓고 있어서 혹 어머님마저 쓰러지실까, 집에서 좀 쉬시라는 가족들의 만류에도 불구하고 병원에 있는 내내 본인이 매일같이 팔다리를 주무르며 직접 아주버님을 병간호하셨다. 그런 어머님의 정성어린 간호 탓인지 아주버님은 눈에 띄게 호전되었고 의료진들도 회복 속도가 빠르다며 놀라워했다.

열흘이 넘는 입원기간 동안 집에도 안 가시고 매일같이 병간호를 하시는 어머님을 보고 체력이 대단하다고 생각했는데 어느 날인가 병문안을 갔다가 어머니가 지인과 하는 이야기를 들었다.

'나는 괜찮아. 내 건강은 내가 지켜… 나는 우리 큰아들 죽을 때까지 뒷바라지 다하고 죽어야 하니까 맘대로 죽으면 안 돼.'

그 말에 울컥 눈물이 났다.

그동안 어머님이 왜 매일같이 산책을 빠짐없이 하셨는지, 단 음식은 절대 드시지 않았는지 그 이유를 알 것 같았다. 평생을 돌봐야 할 자신의 아들을 위해서 자신의 건강까지도 철저하게 관리하는 어머님의 마음, 나는 그 마음을 절반이라도 따라갈 수 있을까.

자신의 모든 것을 내어주고 밑동만 남았지만

그럼에도 무언가 줄 수 있음에 행복해했던

아낌없이 주는 나무.

'그래서 나무는 행복했습니다'라는 마지막 문구에 가슴이 저
민다면 그제야 비로소 우린 어른이 된 것 아닐까.

2.
누군가와의 소통이
그리운 날

가끔은
웅크리고 있어도
좋아

나는 이 대단한 작품을 어른들에게 보여주며

내 그림이 겁나지 않느냐고 물어보았다.

어른들은 "모자가 왜 무섭다는 거야?"라고 대답했다.

나는 모자를 그린 게 아니었다.

그건 코끼리를 소화시키고 있는 보아뱀이었다.

그래서 나는 어른들이 그림을 이해하도록

보아뱀의 속을 그렸다.

어른들은 언제나 설명해줘야만 한다.

나의 2호 그림은 이러했다.

《어린 왕자》· 생텍쥐페리 지음 · 소담출판사

나는 이 대단한 작품을 어른들에게 보여주며 내 그림을 보니 졸리지 않느냐고 물어봤다. 어른들은 "모자가 왜 졸리다는 거야?"라고 대답했다. 나는 모자를 그린 게 아니었다. 그건 이불을 뒤집어쓴 내 모습이었다. 그래서 나는 어른들이 그림을 이해하도록 이불 속의 웅크린 내 모습을 그렸다. 어른들은 언제나 설명해줘야만 한다. 나의 2호 그림은 이러했다.

이건 모자 그림도 아니고
코끼리를 삼킨 보아뱀도 아니고
이불을 뒤집어쓴 내 모습.

직장 상사에게 꾸지람을 들었을 때
친구와 사소한 일로 싸웠을 때
좀처럼 일이 풀리지 않을 때

가장 간편하게 세상과 단절하는 방법.

이불을 머리끝까지 뒤집어쓰고
편안히 웅크린 채 밤을 보내는 거야.

한숨 푹
한잠 푹

한숨 자고 일어난다고 모든 일이 해결될 리 만무하겠지만 그
렇게 마음까지 푹 자고 나면 잔뜩 찌푸렸던 몸도 마음도 한층
맑아진다.

마음이 맑아지면 다시 보인다.
내가 뭘 실수했는지
내가 뭘 잘못하고 있는지

그렇게 마음을 잠재울 수 있는 밤이 있기에
우리는 매일 아침, 조금씩 성장해나간다.

주문을 외워,
비비디바비디 부

요정 할머니가 지팡이를 휘두르자

찢어진 드레스가 하얗고 멋진 드레스로 바뀌었어요.

별처럼 반짝이는 유리 구두도 생겼고요!

《여섯 공주의 사랑이야기》 · 삼성출판사 편집부 엮음 · 삼성출판사

신데렐라를 읽고 가장 기억에 남았던 것은 착하게만 살면 왕자를 만날 수 있다는 달콤한 로맨스가 아니라 요정 할머니가 흥겨운 목소리로 부리는 마법의 주문.

"살라카둘라 매치카둘라 비비디바비디 부!"

조용히 읊조리는 것만으로도 좋은 일이 생길 것만 같은 이 단어를 나만의 마법주문으로 만드는 것은 어떨까?

간절히 원하는 일이 있을 때
꼭 붙어야 할 면접을 치를 때
짝사랑이 이루어지길 바랄 때
두 손과 두 발을 모으고 작은 목소리로 비비디바비디 부.

'비비디바비디 부' 주문이 발음하기 어렵다면 '아브라카타브라'나 '수리수리마수리', ' 하쿠나마타타'도 있고 '마하켄 다

프펠도문', '카스토르폴룩스', '옴 마니 반메 홈'도 있다. 자신의 취향에 맞는 마법주문을 선택하면 된다. 꼭 이런 마법주문이 아니더라도 누구나 각자 행운을 비는 자기만의 의식이 있을 것이다.

가장 흔하게는 기도와 108배, 묵주기도 등 종교적 의식이 있을 테고 스스로에게 '넌 할 수 있어!', '화이팅!'이라고 말을 하는 것 또한 마찬가지다. 자신만의 주문과 함께 특별한 조건을 갖춰 주문의 영험함을 높이는 경우도 많은데 친구 중 한 명은 중요한 일이 있을 때마다 꼭 목욕재계를 하고 향초를 피운 다음 동쪽을 향해 기도를 한다고 한다. 나는 주로 잠들기 전에 주문을 외우곤 하는데 그때 꼭 하는 의식이 있다.

바로 두 손과 두 발을 하늘을 향해 모으고 주문을 외우는 것이다. 중학교 때 사회 선생님이 알려주신 건데, 험준한 자연환경에 사는 티벳 사람들이 소원을 빌 때 하는 방법이라고 했다. 두 손과 두 발을 모으면 몸속에 있는 전극이 통해서 내 안의 메시지가 하늘로 올라가 소원을 이룬다는 이야기.

그땐 어려서 그랬는지 꽤 근거 있는 이야기처럼 들렸고 그 후로 오랫동안 나만의 소원 의식으로 자리잡았다. 시험 보기 전날은 물론이고 짝사랑이 이루어지길 바랄 때도, 시련을 당했을 때도, 힘든 고비고비마다 두 손 두 발을 모으고 간절하게 빌었다.

물론 모든 소원이 이루어지지는 않았고 이루어지리라는 기대를 했던 것도 아니었다. 그럼에도 불구하고 주문을 외우면 마음이 편해지고 희망이 생겼다.

잘될 거라는 긍정, 다 지나갈 거라는 희망, 괜찮아질거라는 위안.

자신을 향한 긍정적인 주문은 행동의 결과 또한 긍정적으로 이
끄는 힘이 있었고, 그걸로 나는 좀 나아졌고 괜찮아졌다.

"비비디바비디 부, 넌 할 수 있어."

내가 나에게 스스로 거는 마법의 주문.
누군가의 격려보다 때론
자기 자신의 격려가 가장 큰 마법을 발휘한다.

빈약한 진실보다
화려한 거짓의 세계

"우하하! 임금님이 아무것도 입지 않고 걸어가시네."

어린아이의 말은 이 사람에게서 저 사람에게로

끝없이 퍼져나갔습니다.

"그 아이 말이 맞아! 임금님은 벌거벗은 채 나오셨어."

《안데르센 동화집 – 벌거숭이 임금님》 · 안데르센 지음 · 꿈소담이

벌거벗은 임금님이 사기꾼에게 속았던 것은 임금님의 머리가 나빠서가 아니었다. 임금님의 마음속에 숨어 있는 열등감과 욕망을 건드렸기 때문이었다. 능력이 없어 존경받지 못하는 왕은 화려한 옷을 입는 것으로 왕의 권위를 내세우곤 했는데, 바보들에게는 보이지 않는 옷이라니 신하들과 백성들에게 자신의 혜안과 권위를 내세우기에 딱 좋아 보였기 때문이다. 빈약한 내면을 화려한 겉치레로 채우는 쪽이 더 쉽고 빨리 행복해지니까. 아무런 의심도 없이 말이다.

벌거벗은 임금님뿐만 아니라 현대의 많은 사람들도 자신 안의 열등감을 채우기 위해 보이는 것에 치중한다.
좋은 옷, 좋은 신발, 좋은 물건들.
비싼 차, 핫플레이스의 맛있는 음식들과 새로운 여행지.
SNS에 전시하듯 삶을 나열하고 타인이 눌러주는 ♥와 '좋아요'에 흐뭇해한다.
나를 돋보이게 하는 화려한 일상들에 쉽고 빨리 행복해지긴 하

지만, 유효기간이 짧으니 다시 새로운 대체품을 채워 넣어야
하고 그러다보면 언젠간 탈이 나게 마련이다.

열등감을 이기기 위한 방법은 간단하다.

내면을 살찌우는 것이다.

화려한 옷과 장신구에 기대어 자신의 특별함을 뽐내는 대신
임금님이 자신의 지위에 걸맞은 능력과 품위를 길렀다면 어
땠을까?

채워지지 않는 결핍에 매일 새 옷을 입어야 하는 일도 사기꾼
에게 당해 망신을 당하는 일도 없었을 것이다.

오랜 세월 쌓아올린 능력과 품위는

한 번 몸에 배면 사라지지 않으니까.

내면이 채워지면, 내면이 단단해지면

결국 우리는 외부의 어떤 유혹으로부터도 안전해진다.

별들은
반짝임으로 말하죠

메리 포핀스가 사다리 꼭대기까지 올라가자

코리 할머니가 솔에 풀칠을 하더니 하늘에 쓱쓱 문질렀다.

풀칠이 끝나자 메리 포핀스는

바구니에 있던 별을 꺼내서 하늘에 붙였다.

《메리 포핀스》 · 패멀라 린던 트래버스 지음 · 인디고

"

좋아하는 누군가가 생겨

그 사람이 더 소중해졌으면 좋겠다고 생각했을 때

함께 별을 보러가곤 했다.

칠흑같이 까만 밤,

별이 잘 보이는 언덕에 앉아

밤하늘의 반짝이는 별들을 한참 동안 바라보고 있으면

심장이 찌릿하고 뻐근해지면서 마음이 벅차올랐다.

이 넓고 넓은 우주에서

우리는 한낱 작은 티끌에 지나지 않지만

이 광활한 우주에서 지구,

이 억겁의 시간 속에서 지금,

우리가 만났다니

모든 건 운명이라고

별들이 반짝임으로

말해주고 있는 것 같아서.

닮고 싶은 삶,
큰 바위 얼굴

"보시오, 보시오!

어니스트야말로 바로 큰 바위 얼굴을 닮은 사람입니다."

그러자 모두 눈을 들어 그를 보았다.

그리고 깊은 통찰력을 지닌 시인의 말이 사실임을 깨달았다.

———————

《큰 바위 얼굴》 · 너새니얼 호손 지음 · 두레아이들

어느 마을 산꼭대기에 큰 바위 얼굴이라고 불리는 커다란 바위가 있었다. 이 마을에 사는 평범한 소년 어니스트는 언젠가는 마을에 큰 바위 얼굴을 닮은 사람이 나타날 것이라는 예언을 믿고 기다린다. 성공한 부자, 사상가, 전쟁 영웅 등 여러 사람들이 자신이 큰 바위 얼굴을 닮았다며 나타났지만 어니스트는 실망한다. 그들은 성공한 인물임에는 틀림없었지만 인자하고 온화한 큰 바위 얼굴과는 닮아 있지 않았다. 시간이 흘러 할아버지가 된 어니스트. 사람들은 어니스트야말로 큰 바위 얼굴을 닮았음을 알게 된다.

사람은 자라면서 본 것을 닮아간다. 부모를 닮고 스승을 닮고 친구를 닮고, 나고 자란 환경을 닮아간다. 맹자의 어머니가 이사를 세 번이나 한 이유도 그 때문이었을 것이다. 하지만 누구나 좋은 환경에서 자랄 수는 없고, 부모님을 사랑하지만 닮고 싶지는 않은 경우도 있을 것이다. 부모의 삶을 보며 '나는 저렇게 안 살아야지' 하고 반면교사 삼는 경우도 많기 때문이다.

때문에 햇빛이 비추는 곳으로 줄기를 뻗어가는 식물처럼 어느 순간이 되면 우리는 자기 스스로 바라보고 닮아가야 할 것들을 찾아내야 한다.

내가 유일하게 닮고자 했던 내 인생의 롤모델은 마왕 신해철이었다. 그가 진행하는 라디오를 들으며 10대의 마지막을 보냈다. 이웃집 오빠 같은 다정한 말투로, 이런저런 고민을 이야기하는 소년 소녀들, 그리고 이제 막 어른의 나이에 접어드는 사람들에게 그는 말했다.

"좋아하는 일이 있으면 숨이 막히도록 매달리세요. 밤을 밝히고 새벽까지, 그리고 아침이 와서 비로소 힘이 다하여 잠들 때까지."

소질 없는 공부 대신 좋아하는 뭔가가 생기기 시작한 내게, 자신이 좋아하는 일을 향해 열정을 다해보라고, 그게 젊음이라고 말하는 그가 좋았다. 나는 그를 닮고 싶었다. 내가 닮고자 했던 그가 그 뒤로도 쭉 나를 실망시키지 않아서 좋았다. 지혜롭고 따뜻했으며 세상을 향해 독설을 날리는 것도 좋았다. 자기만의 세계를 구축하며 소신 있는 음악을 하는 것도 좋았다. 다행이었다. 안심하고 그를 따라가면 됐으니까.

그런데 그가 세상을 떠나고 말았다.

그를 만나면 꼭 '당신이 나를 알에서 깨어나게 해줬다고, 내 취향의 8할은 당신이 만들어준 것'이라고 말하고 싶었는데, 장례식장에서 마지막 인사로 할 수밖에 없었다. 인생이란 이렇게 덧없는 거구나. 이루 말할 수 없는 상실감에 발걸음을 옮기는데 장례식장이 있던 병원 옆 한강의 강줄기 사이로 쏟아지는 가을햇살이 눈에 들어왔다. 햇빛에 반짝반짝 빛나는 강물이 거짓말처럼 예뻐서 한참을 바라보고 있었다.

"비가 나무를 적셔서 잎사귀와 열매를 피워내듯 이 세상에 사라지는 것은 없습니다. 비는 없지만 잎사귀와 열매에 남아 있듯이 그렇게 우리 가슴속에 영원히 남아 있지 않을까요."

밤의 라디오에서 그가 부드럽게 속삭이던 말이 떠올라 눈가가 시큰거리면서 눈물이 차올랐다. 그는 없지만 그의 말들이, 그가 가르쳐준 것들이, 내 마음속에서 저 햇살처럼 영원히 반짝이리라는 것을 나는 알고 있었다.

어니스트가 큰 바위 얼굴을 닮아갔던 것처럼
나는 그를 계속 닮아가고 싶다.
아니, 닮아갈 것이다.

짝사랑
사용법

나는 아가씨의 잠든 얼굴을 들여다보며 꼬박 밤을 새웠다.

가슴이 설레어 잠을 이룰 수 없던 것이다.

우리를 감싸고 있던 별들이 어디론가 흘러가고 있었다.

나는 저 별들 중에서 가장 아름다운 별 하나가 길을 잃고

지금 내 어깨에 기대 고이 잠들어 있는 것이라고 생각했다.

《별》 · 알퐁스 도데 지음 · 삼성당

99

볼 수는 있지만 다다를 수 없는 별처럼 목동인 자신에게 지체
높은 스테파니 아가씨는 그저 바라볼 수밖에 없는 존재. 그래
서 더 애달픈 짝사랑. 하지만 사랑하는 스테파니가 있어 어두
운 밤하늘이 외롭지 않았던 것처럼 짝사랑도 나쁘지는 않았다.
마음은 아프지만.

네가 나를 좋아하지 않아도
나는 너를 좋아할 거야.

나는 씩씩한 여자니까, 짝사랑 따위는 괜찮다고 생각했지.
씩씩한 척했지만, 사실 안 괜찮았어.

사랑은 감기처럼 앓다가는 것이라고 했던가.
된통 앓다가 말짱해지는 몸살감기가 아니라
잊을 만하면 훌쩍, 나았나 싶음 훌쩍,
콧물감기로 와버려서

나는 더 오래 훌쩍였지.

괜찮아.
감기는 다 나았고
남은 추억은 모두 내 것이니까.

진정한 친구 만들기
앤과 다이아나의 우정

앤 : 우리가 멀리 떨어지게 될지라도

태양과 달이 존재하는 한 마음의 친구,

다이아나 베리에게 충실할 것을 엄숙히 맹세합니다.

다이아나 : 우리가 멀리 떨어지게 될지라도

태양과 달이 존재하는 한 마음의 친구,

앤 셜리에게 충실할 것을 엄숙히 맹세합니다.

───────

《빨강머리 앤》 · 루시 모드 몽고메리 지음 · 세종서적

"

"난 말이야. 나와 친구가 되고 싶은 사람이 있다면 좋아하는

낱말을 열 개 적어보라고 하고 싶어. 거기서 내 맘에 드는 낱

말이 적어도 다섯 개는 보여야 사귈 수 있을 것 같아."

이도우의 소설《잠옷을 입으렴》에 나온 구절처럼 친구가 되는

가장 중요한 포인트는 서로의 관심사나 생각, 취향이 얼마나

비슷한가의 여부 아닐까. 나와 취향이나 생각이 같다는 것은

함께 이야기하고 해야 할 것이 많다는 뜻이기도 하니까.

앤과 다이아나가 서로 좋아하는 낱말을 쓴다면

자작나무숲, 달콤한 디저트, 공상하기, 꽃놀이, 라즈베리코디

얼, 벚꽃동산, 아침햇살, 저녁노을 등 수도 없이 쏟아져 나오

지 않을까.

좋아하는 낱말이 절반 이상 같아서

나와 같음을 공유하고 소통하는 게 친구가 되는 첫 번째 조건

이라면,

같은 절반만큼이나
나와는 다른 절반의 생각들과 가치관도 존중해주는 게
오래 사귈 수 있는 친구를 만드는 비결.

물론 싫어하는 것이 같을 때 더 강한 친밀감이 생기기도 한다.
모두가 골뱅이소면에 소주가 좋다고 외쳤던 회사 회식에서 동
시에 얼굴을 찡그렸던 그 친구와 나.
한쪽 구석에 찌그러져 오이와 당근만 먹으며 골뱅이소면을 저
주했던 그날 이후로 급격히 친밀해졌던 우리처럼.

세상에서
가장 소중한 것은 공짜

하이디는 지금껏 이렇게 행복했던 적이 없었다.

하이디는 찬란한 햇빛을 마음껏 즐기고,

신선하고 향긋한 공기를 한껏 들이마셨다.

그곳에 계속해서 그렇게 앉아 있는 것 말고는

더 이상 바랄 게 없었다.

———

《하이디》 · 요한나 슈피리 지음 · 시공주니어

난방도 상하수도 시설도 제대로 갖춰지지 않은 알프스의 깡촌으로 하이디가 돌아가겠다고 하자 제제만 씨네 집사인 미스 로텐마이어는 배은망덕하다며 하이디를 괘씸하게 여긴다. 편안하고 풍족한 도시의 삶을 누리게 해줬더니 고마운 줄도 모르고 돌아가겠다고 하는 것을 그녀로서는 이해할 수 없다. 하지만 하이디는 도시의 삶보다 산골 집에서의 삶이 훨씬 좋다. 좋은 집에서 맛있는 음식을 먹는 것도 좋지만 하이디가 있는 산골 집은 그보다 더 좋은 것들이 많으니까. 사랑하는 할아버지, 푸르른 산과 들판, 찬란한 햇빛, 신선하고 향긋한 공기. 세상에서 가장 아름답고 좋은 것들을 하이디의 집에선 마음껏 누릴 수 있고 그 모든 것들이 공짜다.

매달 사고 싶은 물건의 위시리스트는 늘어만 간다.
덩달아 버킷리스트도 늘어난다.
쇼윈도를 장식한 신상 구두와 유행이라는 잇백.
드라마 여주인공이 바른 립글로스와 착용한 액세서리.

파리에서 살아보고 싶고 프라하도 가보고 싶고
모히토에 가서 몰디브도 마시고 싶다.
사고 싶은 것도 많고 하고 싶은 일도 많은데
오늘도 통장을 스쳐간 월급을 보면 한숨만 푹……

가진 게 없다고 누릴 수 있는 게 없는 건 아니다.
생각해보면 세상에서 가장 좋은 것들은 모두 공짜가 아닌가.
코끝을 간질이는 시원한 바람, 새소리,
융단처럼 폭신한 잔디며 신선한 공기,
봄날의 꽃들과 향기, 하늘의 별,
따사로운 햇빛과 푸른 바다, 색색의 저녁 하늘까지도
세상에서 가장 좋은 것들이 공짜라니 얼마나 다행인지.

위시리스트와 버킷리스트는 좀처럼 줄어들지 않겠지만
가끔은 푸른 잔디와 따뜻한 햇살, 커피 한 잔의 휴식만으로도
더 이상 바랄 게 없는 순간이 우리에게도 분명 존재한다.

미리 써둔 묘비명
메멘토 모리, 죽음을 기억하라

저는 이젠 과거와 같은 사람이 아닙니다.

이렇게 유령님과 만나지 않았더라면

틀림없이 그따위 인간이 되었겠지만

저는 이제 그런 인간은 되지 않겠습니다.

《크리스마스 캐럴》· 찰스 디킨스 지음 · 삼성당

"에비니저 스크루지."

자신의 묘비명을 보는 것만큼 극명하게 죽음을 체감할 수 있는 건 없나보다. 자신의 과거와 현재를 보고서도 별반 반성이 없던 스크루지는 자신의 이름이 새겨진 묘비명을 보고서야 자신의 삶을 각성한다. 이대로는 죽을 수 없다고 생각한 그는 다시 산다면 다른 삶을 살겠다고 다짐한다.

이미 많은 예술가들이 미리 자신의 묘비명을 써두곤 했다. 죽음을 각성한다는 것은 지금까지의 삶을 돌아본다는 의미. 그러니 묘비명은 자신의 삶을 어떻게 살겠다는 각오나 자신에게 (혹은 후세에) 남기는 조언이 될 수밖에 없다.

버나드 쇼는 '우쭐쭈물 하다가 내 이럴 줄 알았지'라는 묘비명을 써두고 생의 소중한 기회나 순간들을 놓치지 말라고 자신을 다독였다. 그리스의 문호 니코스 카잔차키스는 '나는 아무것도 원하지 않는다. 나는 아무것도 두려워하지 않는다. 나는 자유이므로'라는 묘비명으로 두려움 없는 자유로운 삶을 살겠다고 다짐했다. 내가 좋아하는 작가 중 하나인 무라카미 하루키는 이렇게 자신의 묘비명을 결정해두었다고 한다.

무라카미 하루키
1945~20XX
작가 (그리고 러너)
적어도 끝까지 걷지는 않았다.

러너runner라고? 고개를 갸우뚱할지도 모르겠다. 실제로 그는 아마추어 마라토너이다. 서른의 나이에 전업작가가 되겠다고 결심한 하루키. 그는 기왕에 전업작가가 되기로 작정했으니 문학적인 조락을 겪지 않고 평생 자신이 만족하는 글을 쓰고 싶었다. 그리하여 글쓰기에 필요한 지구력, 집중력을 키우기 위해 마라톤을 시작했다. 그는 처음엔 그저 달렸지만 달리다보니 글쓰기에 필요한 육체적 능력과 더불어 삶에 대한 자세까지 배울 수 있었다고 말한다. 자신에게 주어진 길을 정면으로 응시하고 천천히 즐기다보면 언젠가는 결승점에 도달하리라는 것을 달리기를 통해 깨달았던 것이다. 그는 세상에서 가장 까다로운 대상인 자신과 싸우면서 매일 일정량의 글을 쓰고, 달리고 있다. 러너로서 그는 풀코스 마라톤을 스물여섯 번 완주했고 보스턴 마라톤에만 일곱 번 출전했으며 100킬로미터 마라톤은 물론 철인3종경기에도 참가했다. 그러니까 그의 묘비명은 그의 삶 자체인 것이다.

우리 친할머니의 묘비명도 생각난다.

　　김점례

이름 세 글자가 쓰인 단출한 묘비였지만 그 옆에는 깨알 같은 글씨로 자식과 자손들의 이름이 모두 적혀 있다. 누구누구의 아내, 누구누구의 엄마, 누구누구의 할머니로 살다간 삶. 큰 업적을 이룬 것은 아니지만 누군가에게 무엇이 되었다는 것, 그 자체로 뭉클한 한 편의 삶이 아닐까.

스크루지가 자신의 묘비명을 보고 받은 충격은 단순히 죽었다는 사실만은 아니었을 것이다. 이름만 덩그러니 쓰여 있는 묘비명이 아마도 그를 슬프게 하지 않았을까. 아무도 기억해주지 않은 채 흔적도 없이 사라진 삶이라니. 그의 묘비명은 너무도 쓸쓸해 보인다.

그나마 다행인 건 스크루지는 묘비명을 고쳐 쓸 시간을 얻게 되었다는 것이다.
물론 우리도 마찬가지다.
지금부터라도 삶의 계획을 세우고 실천해나간다면 크리스마스의 악몽 따위는 꾸지 않을 것이다.

떠나요, 여행
삶의 각성

하룻밤 사이에 내가 딴사람이 된 것 같아.

만일 오늘의 내가 여느 때의 내가 아니라면

대체 나는 누구일까?

———————

《이상한 나라의 앨리스》 · 루이스 캐럴 지음 · 삼성당

낮잠을 자려다 회중시계를 보고 달려가는 토끼를 따라 토끼 굴 속으로 들어가면서 이상한 나라를 여행하게 된 앨리스. 그곳은 말 그대로 이상한 일투성이다. 몸이 커졌다 작아졌다 하고, 안고 있던 아기는 돼지로 변하는가 하면 트럼프 나라에선 홍학채로 공을 치는 크로켓 경기를 한다. 게다가 이 나라의 하트 여왕은 마음에 들지 않으면 무조건 목을 치라고 명령을 내린다. 기상천외하고 터무니없는 일들이 벌어지는 곳이지만 앨리스는 이상하게 이곳이 싫지 않다. 계속되는 모험은 재미있게 느껴진다. 이상한 나라에서 앨리스는 평소와 전혀 다른 모습이니까.

어제의 자신보다 오늘의 자신이 좀 더 용감하고 씩씩하다.

하트 여왕이 앨리스의 목을 치라고 명령하자 "안 돼요"라고 단호하게 말하는 앨리스를 보라. 앨리스의 기세에 눌린 하트 여왕은 말문이 막힌다. 좀처럼 알 수 없었던 자신의 또 다른 모습과 마주하는 여행. 이상한 나라를 여행하면서 영혼이 한 뼘 성장한 앨리스는 이제 현실에서도 더 이상 중요한 문제 앞에서 도망치지 않고 자기 힘으로 자기만의 방식으로 스스로의 길을 찾아내지 않을까?

꼭 이상한 나라를 찾지 않더라도 현실에서의 여행 또한 비슷한 효과를 낸다. 여행의 장점은 수백 가지가 있지만, 그중 가장 좋은 것은 일상에서는 좀처럼 만나기 힘든 '나'를 만나는 데 있다. 여행지에서는 눈과 귀와 마음을 좀 더 열게 된다. 주위의 시선을 의식할 필요가 없으니 좀 더 용감하고 씩씩해지고, 또 훨씬 바지런해지기도 한다.

고작 2층을 오르기도 귀찮아 기다렸다 엘리베이터를 타고, 리모컨이 사라지면 한 채널만 보는 귀차니즘의 최강자도 여행지에선 내리쬐는 태양 속에서 젖 먹던 힘까지 쥐어짜내 하나라도 더 눈에 담기 위해 노력한다. 평소라면 질색팔색할 재료의 음식들도 '어쩌다 한 번'인데 어떠냐 싶어 먹게 되고, 폐쇄공포증이나 고소공포증이 있어도 '지금 아니면 언제'라는 생각에 기꺼이 동굴 탐험이나 번지점프를 하게 된다.

　"내가 죽기 전에 이곳에 다시 올 수 있을까?"

여행의 한시성이 만들어낸 초월적이고 이상한 에너지랄까.

여행지에서 그랬던 것처럼 일상 또한 끝이 있는 여행이라는 것을 각성하게 된다면 '오늘의 나'는 '어제의 나'보다 더 힘을 내서 살 수 있으련만. 여행지의 바지런했던 나는 대개 여행이 끝난 후 물거품처럼 사라지고 만다. 연초의 계획처럼 늘 작심삼일을 채 넘기지 못하고. 그러니 늘 여행자를 꿈꿀 수밖에. 오늘도 통장잔고를 가늠하며 여행지를 물색한다.

부지런해지는 내가 좋아서, 씩씩해지는 내가 좋아서.

'여행'하면 떠오르는 단어 중 첫 번째는 아마도 '설렘' 아닐까? 여행의 좋은 점 중 하나는, 기다리는 시간들까지 즐거움으로 물들인다는 것이다. 일주일 전부터 여행가방을 꺼내놓고 가지고 가야 할 물건들을 하나씩 던져둔다. 물건을 던져둘 때마다 여행지에서 그 물건을 사용하는 상상을 하며 점점 여행이 실감나기 시작한다.

배 속에 나비들이 날아다니는 듯한 간질간질하고 귀여운 기분. 어떤 기분인지 다들 잘 알 것이다. 그건 사랑에 빠졌을 때의 기분과 아주 비슷하다. 이국의 멋진 풍경도 좋지만 여행 때마다 느껴지는 설렘이 어떨 땐 여행 그 자체보다 훨씬 행복하게 다가온다.

본격적으로 사귈 때보다 썸 탈 때가 더 설레는 것처럼.

느리지만
차근차근한 걸음으로

누가 더 빠른지 겨루어볼래?

여기서 출발해서 저 언덕을 넘고

산울타리와 당근 밭을 지나

고물수레가 있는 데까지 달리기 시합을 하는 거야. 어때?

———

《토끼와 거북이》·라 퐁테느 지음·보림

사실 거북이는 알고 있었다. 어쩜 자신이 이길 수도 있다는 것을. 달리기 경주를 제안한 것도 코스를 정한 것도 바로 거북이였다. 단시간 내에 빠르게 달릴 수는 없지만 오랫동안 꾸준하게 걷는 것은 자신 있었다. 언덕을 넘고 산울타리를 넘어 당근밭까지 가는 코스는 이미 수십 번 오고 갔던 코스였다. 유혹에 약한 토끼와 끈기 있게 꾸준히 걸어가기를 멈추지 않는 자신과의 경기라면 해볼 만하다고 생각했다. 결국 거북이의 생각대로 거북이는 경주에서 이겼고 숲속 누구도 거북이에게 느리다고 놀리지 않았다.

"나는 정말 느려. 하지만 쉬지 않고 꾸준히 걸었기 때문에 빠르지만 끈기 없는 토끼를 이긴 거야."

말하자면 거북이는 준비된 마라토너였던 것이다.

무언가를 이루는 데 있어서 가장 큰 장애는 키가 작아서, 얼굴이 예쁘지 않아서, 손재주가 없어서, 학벌이 낮아서가 아니라 해보지도 않고 '나는 안 돼!'라고 지레 포기하는 마음이 아닐까.

해보지도 않고 어떻게 알 수 있을까?
일단 무슨 일이든 저질러야 그릇이 커진다.
해봐야 자신이 어디에 더 맞고
어느 쪽으로 나아가면 좋을지 알 수가 있다.

결점 때문에 망설이는 게 아니라
결점을 넘어설 수 있는 대안을 찾는 것.
그것이 바로 하고 싶은 일을 이루게 하는 비밀이다.

열심히 노력해서 얻을 수 있는 가장 큰 기쁨은
'성공'이 아니라 무엇이든지 할 수 있다는 '자신감'이다.

슬기로운
어른생활

어느덧 웬디도 어른이 되었다.

그러던 어느 날 웬디는 하늘을 날아보려고

요정의 가루를 몸에 뿌렸다.

"어디 한번 날아볼까?"

하지만 어른이 된 웬디는 아무리 해도 하늘을 날 수가 없었다.

《피터 팬》 · 제임스 매튜 베리 지음 · 삼성당

"

많은 사람들이 어린 시절로 다시 돌아가고 싶어 한다. 구체적으로 "언제로?"라고 물으면 유치원 시절부터 고등학교까지 다양한 대답이 나온다. 어른으로서 견뎌야 할 삶의 무게가 버거운 것이겠지. 아무 생각 없이 놀던 때로 돌아가고 싶다는 사람도 있고, 돌아가면 정말 공부만 열심히 할 거라는 사람도 있다. 내 친구는 거기에 단서를 하나 달았다.

"단, 지금 이대로의 생각이나 가치관을 가지고 갔으면 좋겠어!"

소심하고 유약했던 탓에 걱정이 많았던 어린 시절을 지금같이 안정된 마음이라면 즐겁게 보낼 수 있을 것 같다고 했다. 그러고 보니 어린 시절에도 무게는 달랐지만 고민이 없었던 건 아니었다. 오히려 별것도 아닌 일에 지레 겁먹고 공포에 떨었던 적도 많았고, 매일 학교도 가야 했다. 어린 시절이라고 마냥 즐거웠던 건 아니었던 것이다.

어린 시절의 무엇이 좋았나 생각하니, 무엇보다 그때만 가질 수 있었던 '순수한 마음'이 좋았던 것 같다.

기쁠 때는 기쁨에 충실하고 슬플 때는 슬픔에 충실했다. 걱정과 미움은 금세 잊었고 앞뒤 재지 않았으므로 하루가 매일 새로웠다. 오직, 오늘 하루에 충실한 삶을 살았던 시간이었다.

이제는 세상을 다 알아버려 그런지 모든 것에 시큰둥, 타성에 젖어 스스로가 안락한 쳇바퀴를 벗어나려 하지 않고 새로운 것을 해보려고 하지 않는다. 그러니 어린 시절이 그리울 수밖에. 빨강머리 앤도 말하지 않았는가. 앞으로 알아낼 일이 많다는 것은 참 좋은 일이라고. 이것저것 다 알고 나면 상상할 일도 없어 재미없다고.

도라에몽의 주머니도 타임머신도 없는 우리가 어린 시절로 돌아가는 건 불가능한 일. 차라리 어린 시절의 마음을 가지고 어

른생활을 하면 어떨까 하는 생각이 든다. 어린 시절처럼 늘 새
로움을 추구할 수는 없지만 가만히 나와 내 주위를 둘러싼 것
들을 새롭게 바라보는 시각을 가지는 것만으로도 충분히 많은
것들이 달라진다. 그렇게 조금씩 어린 시절의 마음을 되찾아가
는 것. 그것이야말로 기나긴 어른으로서의 삶을 버티게 해줄
슬기로운 어른생활이 아닐까.

나는 우리 동네에 대해 다 알고 있다고 생각했어.

이곳에서 오래 살았으니까.

뭔가 새로운 것이 있을 거라는 생각은 하지 못했지.

집 뒤편 낙산공원을 산책하면서 늘 정상까지 갔는데,

어느 날은 화단 옆에 가려진 쪽문이 보였고

그 문으로 나가봤더니 전혀 새로운 세상이 펼쳐졌어.

낙산 성곽길. 구불구불 낙산 성곽을 따라 난

작은 오솔길은 고즈넉해서 조용하게 걷기에 참 좋았지.

그동안 나는 눈을 감고 살았던 것 같아.

늘 같은 길로만,

모험심도 없이 탐구심도 없이 다니면서 말이야.

모퉁이를 도는 것만으로도

이렇게 멋진 풍광이 펼쳐지는데 말이야.

말보다
행동

나는 그때 아무것도 이해할 줄 몰랐어.

그 꽃의 말이 아니라 행동을 보고 판단했어야만 했어.

그 꽃은 나에게 향기를 풍겨주고 내 마음을 밝게 해주었어.

그 가련한 거짓말 뒤에는 애정이 숨어 있다는 걸

눈치 챘어야 하는 건데 그랬어.

꽃들은 그처럼 모순된 존재거든.

하지만 난 너무 어려서 그를 사랑할 줄 몰랐던 거야.

―――――――

《어린 왕자》 · 생텍쥐페리 지음 · 소담출판사

"

《어린 왕자》에 나오는 장미꽃이 하는 행동을 '츤네레'라고 한다지. 입으로는 투덜투덜하면서도 실제 행동으로는 다정함을 보이는 것.

선천적인 울렁증이 있어서, 말로는 쑥스러워서 속내는 표현 못한 채 어쩌면 본인도 모르게, 어쩔 땐 상대가 몰랐으면 싶게.

입으로는 늘 잔소리를 하지만
이른 아침 일어나 따뜻한 밥을 지어주고
추울까봐 따뜻한 목도리와 장갑을 챙겨주는 엄마.

보고 싶다, 사랑한다, 애정 표현은 못하지만
퇴근길에 내가 좋아하는 아이스크림을
한 아름 사 오시는 아빠.

'좋아해'는커녕 '너 진짜 못생겼다'라며 구박만 하지만
비가 오는 날, 하나뿐인 우산을 내 쪽으로 기울여주며

한쪽 어깨가 다 젖어도 전혀 내색하지 않는 남자친구(이자 지
금의 남편).

남자친구에게 차여서 울고 있는 나에게
"왜 울어 바보처럼."이라고 핀잔을 주지만
울고 있는 나를 달래주기 위해
직장 선배와의 중요한 약속을 취소하고 한달음에 오는 친구.

말로는 쑥스러워 전하지 못한 그 마음,
이미 깊이 와닿아 있다는 것을 말해줄까, 말까.

사랑하라
한 번도 상처받지 않은 것처럼

인어공주는 언니들이 준 칼을 들었습니다.

하지만 차마 사랑하는 왕자님을 찌를 수가 없었습니다.

인어공주는 허리를 굽혀 왕자의 이마에 입을 맞추고

밖으로 나왔습니다.

"잘 있어요. 내 사랑."

———————

《안데르센 동화집 - 인어공주》 · 안데르센 지음 · 꿈소담이

어릴 적 종종 인어공주의 이야기 뒷부분을 다시 만들어보곤 했
어. 그 당시엔 사랑을 이루지 못하는 것이 세상에서 가장 슬픈
일이라고 생각했기 때문이지. 그 미완의 사랑이 안타까워 그
뒤로도 둘은 행복하게 살았습니다, 하고 끝을 맺는 많은 동화
속 결말처럼 이런저런 상상을 덧대어봤어.

훗날 디즈니에 의해 정말로 해피엔딩이 되었을 때 기분이 이상
했어. 행복한 모습으로 결혼식을 올리는 두 사람은 과연 가슴
절절한 사랑을 간직한 채 살 수 있을까? 생각하니 오히려 뒷맛
이 씁쓸해졌지 뭐야. 사랑의 완성이 꼭 결혼이 아니라는 것은
모두가 아는 사실이니까. 낭만적이던 연애 감정이 생존이라는
현실에 부딪히는 순간 얼마나 구차해지는지. 저 두 사람도 애
를 낳고 삶에 치여서 복닥복닥하다보면 언젠가는 시들해지겠
지. 이렇게 생각하니 오히려 물거품이 된 인어공주 쪽이 더 마
음에 들었어. 뒤늦게 왕자가 인어공주에 대한 사랑을 깨닫고
죽을 때까지 그리워할 거라는 생각이 들었거든.

"어렸을 때 내게 사치라는 것은 모피코트나 긴 드레스, 혹은 바닷가에 있는 저택 따위를 의미했다. 자라서는 지성적인 삶을 사는 게 사치라고 믿었다. 지금은 생각이 다르다. 한 남자, 혹은 한 여자에게 사랑의 열정을 느끼며 사는 게 사치가 아닐까?"

《단순한 열정》을 쓴 프랑스 작가 아니 에르노는 소설을 이렇게 끝맺어. 소설은 연하의 유부남과 사랑에 빠져서 그 사람 이외에는 아무것도 생각할 수 없었던 열정적인 사랑에 대한 작가의 자전적 이야기를 담고 있는데, 출간 당시 무척이나 논란을 불러일으켰대. 그녀는 그를 만난 후로 오로지 그 사람이 전화를 걸어주고 그녀의 집에 와주길 바라는 것 이외에는 아무것도 하지 못했어. 심지어 자신의 몸에 남은 그의 흔적을 지우고 싶지 않아서 4일간이나 씻지 않았을 정도로 그에게 빠져버렸지. 무엇을 보고 느끼든지 삶이 그를 중심으로 돌아가게 된 거야. 폭풍우가 몰아치던 자신의 생일날, 바다 위 갑판에 서 있던 왕자를 만난 후 모든 것이 변해버린 인어공주처럼 말이지. 아니 에르노는 말해. 그 사람 생각에 밤잠을 못 이룰 만큼 가슴 아팠지만 그래도 자신의 삶에서 가장 생생한 순간이었고, 가장 고마운 경험이었다고.

사랑에 빠지면 그렇잖아. 세상의 주인공이 나인 것만 같고 구름 위를 걷는 것처럼 아득하고. 심장이 두근거리고 손끝과 발끝의 세포마저도 그에게 반응해 모든 몸과 마음의 감각이 깨어나는 것 같잖아. 인어공주도 그랬어. 왕자를 사랑함으로써 무료하기만 했던 삶에서 비로소 생생한 감정들을 느낄 수 있었지. 300년을 살 수 있는 인어였지만 대체로 삶은 무료하기만 했어. 공주들은 왕이 내려준 각자의 정원에서만 지내다가 아버지가 정한 짝하고만 결혼할 수 있었거든. 결국 왕자를 죽이지 못하고 공기방울이 된 인어공주는 300년간 세상을 떠도는 운명을 받게 돼. 하지만 인어공주는 자신의 선택을 전혀 후회하지 않았어. 그 사람 생각에 밤잠을 못 이룰 만큼 가슴 아팠지만 그래도 자신의 삶에서 가장 생생한 순간을 선물 받았으니까.
그리고 두고두고 꺼내볼 수 있는 추억이 있어 앞으로의 300년
도 지루하지 않을 것 같았거든. 인어공주도 아니 에르노처럼
사랑이 삶에서 최고의 사치라는 것을 알았던 거지.

사랑을 잃었다고 슬퍼하지 마.
새로운 사랑을 두려워하지 마.

사랑은 삶을 생생하게 만들어주는 최고의 사치니까.
사랑의 추억은 자신만의 신화가 되어줄 거야.
혼자라서 외로울 때, 삶이 지리멸렬해질 때, 꺼내보기 좋은 나
만의 신화가 있다는 것. 그것만으로도 우리는 충분히 사치스러
운 삶을 살았다고 말할 수 있을 거야.

청춘을
　통과하는 자의 슬픔

"거울아, 거울아, 이 나라에서 제일 예쁜 사람은 누구지?"

"백설공주님이 왕비님보다 천 배는 더 예뻐요."

_____

《백설공주》 · 그림 형제 지음 · 삼성당

연약한 백설공주, 착하기만 한 신데렐라, 하는 것 없이 장화 신은 고양이 때문에 팔자 핀 주인공, 콩 줄기를 타고 남의 물건을 뻔뻔하게 훔치는 잭, 이름도 모르고 성도 모르는 남자에게 도둑 키스를 당하는 잠자는 숲속의 공주.

어른이 된 뒤 생각하는 동화 속 주인공은 어릴 적 기억 그대로 여전히 예쁘거나 멋있지는 않다. 삶의 경험이 쌓이면서 인물을 평가하는 기준 또한 달라지기 때문이다. 주인공보다 더 인간적으로 끌리거나 존재감을 새롭게 드러내 보이는 인물도 생겨난다. 내게 그중 대표적인 인물은 백설공주에 등장하는 새 왕비다. 이유도 없이 주인공을 괴롭혔던 동화 속 숱한 새엄마들 중에서도 가장 악랄하게 보였던 그녀의 사정이 새삼 이해도 갈 듯해진 것이다.

스스로가 '더 이상 나는 젊지 않구나'라고 자각할 무렵이었다. 밤을 새워 일한 뒤 회복 시간이 느려졌고 눈가의 잔주름과 잡

티, 칙칙한 피부 등 나이를 말해주는 육체적인 증명이 잇따랐다. 하지만 문제는 이런 육체적인 증명에도 불구하고 마음은 젊음을 놓지 않고 있다는 것이었다. 나이보다 어려 보인다는 소리에 입이 귀에 걸리고 "너도 별수 없이 늙는구나"라는 한마디에 가슴을 후벼 파인 듯 밤잠을 못 이루다가 다음 날 주름개선 노화 관련 제품을 몽땅 구입하는 악순환이 계속됐다.

이름조차 없이 새 왕비라고 명명된 그녀는 당시 모든 여성들이 선망하는 위치에 있었다. 마법 거울이 인정할 정도의 타고난 미모를 가지고 있었으며 그 미모 덕분에 당시 여자들이 오를 수 있는 최고의 권력인 여왕의 자리에까지 올랐다. 하지만 그녀는 불안했다. 조강지처를 잃은 늙은 왕에게 선택될 수 있었던 건 순전히 자신의 미모 덕분이었으니까.

"거울아, 거울아, 이 세상에서 누가 가장 예쁘니?"
"네, 그건 바로 당신입니다."

그녀는 자신의 아름다움을 확인받음으로써 비로소 발을 뻗고 잘 수 있었다. 하지만 평온한 순간은 오래가지 못했다. 그녀는 나이가 들어갔고 백설공주는 꽃다운 청춘이 되었다. 왕비는 여전히 아름다웠지만 백설공주의 싱그러운 하얀 피부, 복숭앗빛 볼과 앵두 같은 입술을 볼 때마다 자신도 모르게 질투를 느꼈다. 그리고 어느 날, 왕비는 한동안 꺼내보지 않았던 거울을 다시 마주했다.

　"거울아, 거울아, 이 세상에서 누가 가장 예쁘니?"
　"이 세상에서 가장 예쁜 사람은 바로 궁전의 뜰에서 놀고 있는 백설공주입니다."

거울의 대답을 들은 왕비의 마음이 수만 갈래로 찢어졌다. 자신의 미모가 꽃을 피우던 시절이 끝나버렸음을, 더 이상 자신이 최고로 아름답지 않다는 사실을 정식으로 통보받은 셈이니까. 이미 예상했던 일이었다. 사람들의 관심은 이미 젊고 예쁜 백설공주에게로 옮겨가고 있었다. 극도의 질투와 불안을 느꼈던 새 왕비는 급기야 어리석은 생각을 하게 된다.

"백설공주를 없애면 다시 내가 가장 예쁜 사람이 될 거야. 다시 모든 관심은 나에게로 돌아올 거야!"

사냥꾼에게 백설공주를 제거하라고 지시하고, 그것이 여의치 않자 직접 자신이 나선다. 늙은 노파의 모습을 하고 백설공주에게 사과를 건네는 모습이라니. 어릴 땐 천벌을 받아야 한다고 생각했던 장면이 오히려 슬프고 처연하게 느껴졌다.

"일곱 난장이들이 지켜보는 가운데 백설공주와 왕자의 결혼식이 거행되었습니다. 하얀 드레스를 입은 백설공주는 눈이 부시게 아름다웠습니다. 일곱 난장이들 뒤에는 백설공주를 괴롭혔던 새 왕비도 자신의 잘못을 뉘우치고 공주의 결혼식을 축하해주었습니다."

불필요한 질투는 영혼을 피폐하게 만들 뿐이다. 눈엣가시였던 백설공주는 더 이상 보이지 않았지만 흐르는 세월은 막을 수 없었고, 제2, 제3의 백설공주는 자꾸만 나타났을 것이다. 결국 그녀는 깨달았던 것 아닐까. 백설공주 또한 머지않은 미래에 자신과 똑같은 처지에 놓이게 될 것임을. 왕자 또한 유리관 속 백설공주의 아름다움에 반해 그녀와 결혼한 것이니까. 백설공주 또한 젊음이 사그라지는 고통을 맛보게 될 것이니까.

결국 인정할 것을 인정하고 포기할 것은 포기하다보면 삶은 오히려 편안해진다. 한때 눈부시게 빛나던 젊음은 시간이 흐르면 사라진다. 그렇기에 젊음은 그 자체로 아름다울 수밖에 없는 것이다. 백설공주가 정말로 절세가인이었을 수도 있다. 하지만 여왕이 질투했던 건 예쁜 얼굴보다도 젊음 그 자체 아니었을까. 젊은 날에는 젊음을 모르고, 막 통과한 후에야 소중함을 깨닫게 되니 인생이 슬픈 건 바로 그 때문인지도 모른다. 청춘은 열병처럼 지나가지만 청춘이 멀어지는 것 또한 그 못지 않은 열병을 거쳐야 하는 것이다.

열아홉, 스물아홉, 그리고 서른아홉. 해가 지나면 나이 앞자리 숫자가 바뀐다는 사실에 한동안은 우울에 시달렸다. 스물아홉 살엔 특히 심했다. 젊음이 끝난다는 사실을 나이가 증명하는 것 같았다. 가장 먼저 드는 생각은 후회였다. 해보지 못한 것들에 대한 후회. 유럽여행, 배낭여행, 혼자 살기, 이루지 못한 꿈, 모으지 못한 돈.

그다음에는 걱정. 30대의 난 잘 살 수 있을까, 뭐 하고 살아야 하나 등등. 땅이 꺼져라 나오는 한숨과 후회. 친구들과 만나면 하지 못한 것들에 대한 이야기에 시간이 가는 줄 몰랐다.

"우리가 이제 30대라니 완전히 늙어버렸어."

"우리 인생은 이제 내리막인 거지."

"그런데 우린 해놓은 것도 없고, 앞으로 어찌 살아야 하는 거지?"

시로 자학하며 서른이 종말이라도 되는 것처럼 그렇게 20대의 마지막을 통과했던 것 같다. 그런데 막상 서른이 되니 그다지 나쁘지 않았다. 여전히 하고 싶은 건 많고 잡히지 않는 뭔가에 초조했지만 지난날의 경험으로 좀 더 성숙한 결정을 내리고 좀 더 천천히 가는 내가 나쁘지 않았다.

닥치면 다 살아가게 되는구나. 그래도 조금씩 성장해나가는구나. 어쩌면 나이대가 바뀔 때마다 최악의 상황을 예상하며 우울해지는 건 일종의 방어기제가 아닐까? 그래야 닥쳐보니 괜찮다는 걸, 나쁘지 않다는 걸 더 효과적으로 느끼게 될 테니까.

그렇게 요란스러운 의식을 한바탕 치른 후에야

우리는 비로소 새로운 나이에 적응하며

안도감을 느끼는 거겠지.

'여름은 샹들리에 가을은 등롱'이라고 말했던 다자이 오사무의 말처럼, 화려한 샹들리에 아래서 눈부시게 보낼 나이는 지나갔지만, 내 앞을 은은하게 밝혀내는 등불에 편안함을 느끼는 지금의 삶 또한 나쁘지 않다. 나는 이렇게 30대를 건너 지금을 살아가고 있다.

설탕의
기운을 줄게

"마음껏 먹어보자. 난 지붕을 뜯어 먹을 테야."

"나는 창문을 먹을 거야. 틀림없이 달고 맛있을 거야."

헨젤은 손을 뻗쳐 지붕을 뜯어내어 먹고,

그레텔은 창문에 입을 갖다 대고 오도독 씹어 먹었다.

─────

《헨젤과 그레텔》· 그림 형제 지음 · 삼성당

'danger'

단거. 이것을 먹지 마시오. '단거'라고 쓰고 '위험'이라고 읽는다지만 단것은 울적한 마음을 달래주는 특효약임에 틀림없다. 학창 시절, 시험점수가 형편없이 나온 날은 집으로 가는 길에 문방구에 들러 '아폴로'를 사먹곤 했다. 엄지와 검지로 살살 비닐을 돌리면 입속으로 맹렬히 전진하는 찐한 단맛. 입속에 팡팡 단맛이 퍼질 때면 조금 후에 겪게 될 엄마의 꾸지람 따위는 먼 미래의 일이 되곤 했다.

베이킹 용어에 나파주nappage라는 게 있다. 빵이나 케이크의 겉면을 설탕물로 코팅하는 것인데 단것을 먹고 난 상태가 꼭 이나파주 상태와 비슷하다. 윤기가 반짝반짝 나는 먹음직스러운 케이크나 빵처럼 달콤한 음식을 먹고 나면 잠시나마 마음도 반짝반짝. 아폴로에서 가나초콜릿으로, 크림빵에서 체리주빌레 아이스크림으로, 크리스피도넛과 초코티라미스케이크로 나의 프라이빗 당충전 메뉴는 바뀌었고, 앞으로 또 여러 가지로 바뀌겠지만.

닥쳐올 두려움에 내 마음이 잠식당하지 않도록, 짜증과 피곤에 젖어들지 않도록, 달콤한 한입에 잠시라도 마음이 반짝거리니 얼마나 좋은지.

얇게 입힌 설탕막은 입술이 닿는 순간 사라지고, 반짝반짝 윤이 났던 마음도 복잡한 현실의 문제에 맞닥뜨리는 순간 사라지고 말겠지만. 설탕의 기운이 남아 있을 때 부모님께 안부전화도 하고, 하기 싫은 일들도 해치우고, 그래도 기운이 남아 있으면 나를 향해 씩 웃어줘야지.

"오늘도 넌 잘하고 있어!"라고 말해줘야지.

안으로
멀리뛰기

여기에선 아래층에서 볼 수 없는 온갖 것들을 볼 수 있어.

굴뚝을 훨씬 가까이에서 볼 수 있거든.

그러면 굴뚝에서 나는 연기가 동그라미 모양으로

구름처럼 하늘로 올라가는 것도 볼 수 있어.

참새들이 콩콩 뛰면서 수다 떨듯 지저귀는 것도 볼 수 있고.

그 모든 것이 이렇게 높은 곳에 펼쳐져 있는 거야.

마치 다른 세상에 온 것처럼.

《소공녀》 · 프랜시스 호즈슨 버넷 지음 · 보물창고

세라가 살던 옥탑방 같은 시절이 내게도 있었지. 대학 졸업 후 기약 없는 백수생활을 할 때. 후암동 후미진 단칸방에서, 할 일도 없고 돈도 없고 남는 건 시간뿐인 그 시절 나는 가장 많은 나를 만날 수 있었어. 내 속에 나만 너무 많았던 시간.

지금 와서 생각하니 그때만큼 오랫동안 내 마음을 들여다본 적이 없었던 것 같아. 기억을 뒤적이고 마음을 꺼내 놀다 때론 미래에 대한 걱정들로 잠 못 이루던 밤들이었어.

"나는 무슨 일을 하게 될까?"
"올해 안에 취직은 할 수 있을까?"
"나는 뭘 잘할 수 있을까?"

가만히 생각해보니 내가 하는 걱정들은 아직 다가오지도 않은 미래에 대한 걱정이더라고.

걱정이 스물스물 올라올 땐 라면에 밥을 말아먹으며 보고 싶은 영화를 몰아봤지.

그리고 다시 이력서를 썼어.

아무것도 한 것도 없고 이룬 일도 없었지만

그래서 진짜 나를 만날 수 있었던 시간.

내가 나를 오롯이 만날 수 있는 그 시간도

언젠가는 끝나리라는 것을 알기에 두렵지 않았어.

밖으로는 움츠러든 것처럼 보여도

안으로는 한 발짝 멀리 뛰고 있었던 거지.

3。
다시 시작해보고
싶은 날

home

66

고향이 아무리 황량한 잿빛이라고 해도,

그리고 다른 곳이 아무리 아름답다고 해도

피와 살로 이루어진 우리 사람들은

고향에서 살고 싶어 해. 고향만 한 곳은 없어.

허밍버드클래식 2 《오즈의 마법사》 · L. 프랭크 바움 지음 · 허밍버드

99

도로시처럼 어느 날 갑자기 여행을 떠나게 된다면
못 견디게 그리울 것이 뭐가 있을까 생각해본다.

늘 똑같기만 해서 지겹게 느껴지던 일상
매일 마주하는 공간과 사람들
비좁고 답답하게 느껴졌던 내 집과 내방도
가끔은 얄밉고 보기 싫었던 가족들……

결국 우리도 도로시처럼 깨닫게 되지 않을까?

"역시 집보다 좋은 건 없어."라고.
여행지에는 많은 집^{house}들이 있지만
내 집^{home}은 오직 한 곳뿐이니까.

여행을 떠날 때 편도가 아니라 왕복 티켓을 끊어둬야
마음이 편안해지는 것은, 바로 그 때문일 것이다.

너만을 위한
잔소리

"

도중에 누구를 만나더라도

쓸데없는 이야기를 해선 안 돼.

그리고 다른 길로 돌아가서도 안 된다.

_____

《빨간 모자》· 그림 형제 지음 · 삼성당

"

외국 엄마든 한국 엄마든 옛날 엄마든 현대 엄마든 엄마는 다 똑같다. 자식 생각에 자꾸만 잔소리가 구만 리가 되는 건.

"언니, 나 진짜 고아가 됐어."

홀로 계셨던 어머니마저 여읜 S의 말에서 쓸쓸함이 묻어났다. 부모님이 모두 돌아가시고 보니 가장 슬펐던 건 아무도 자신에게 잔소리를 하지 않는 것이라고 말했다.

"옷 따뜻하게 입고 다녀라."
"술 먹고 늦게 다니지 말아라."
"배즙 보냈으니 꼭 하루에 한 개씩 챙겨 먹어라."

겨울이면 시작됐던 잔소리가 없으니 계절이 오는 것도 몰랐다고 했다. 계절이 바뀔 때 늘 감기에 걸리고 겨울이면 늘 술 먹고 늦는 일이 많았고, 갑자기 기온이 떨어지면 기침을 달고 살았다던 S. 매년 듣던 잔소리에 자신의 생활습관이, 과거경력이, 건강정보가 담겨 있었음을 깨닫고 나니 더 슬퍼진다고 했다. 자식에 관해서만큼은 한 치의 오차도 없는 엄마의 머릿속의 빅데이터.

'추운데 감기 조심해!'

의례적인 친구의 안부 톡에도 고마워하면서 이런 세심한 맞춤 배려 잔소리에 매번 시큰둥하고 살았다니. 아니, 어쩜 우리는 시큰둥한 반응에 엄마가 득달같이 달려와 빨대까지 친히 꽂아주는 인삼즙을 쪽쪽 받아 마시는 게 좋아서였는지도 모른다.

잔소리를 하는 것도, 철모르게 구는 것도 어쩌면 모두 서로를 향한 지극한 관심.

보이지 않는
이력

"

이번 소설은 어떤 일이 있더라도 끝내서 출판할 거예요.

반드시 해내고 말겠어요.

무엇이든 간절히 원하고 그 꿈을 이루기 위해

꾸준히 노력하면 꿈을 이루게 되어 있어요.

《키다리 아저씨》 · 진 웹스터 지음 · 삼성출판사

"

하고 싶은 일만 하고 살 수는 없다. 세상에는 마냥 좋기만 한 일 따위는 존재하지 않기 때문이다.

꿈을 위한 과정도 마찬가지다. 즐겁고 행복한 순간만 있는 것은 아니다. 처음엔 재밌다가도 어느 순간 지치고 힘들 때가 반드시 나타나기 마련이니까. 열심히 노력했지만 자꾸만 제자리걸음이거나, 좀처럼 사람들에게 인정받지 못하거나, 체력이 따라주지 못하거나, 주위 환경이 뒷받침되지 못했을 때 모든 걸 놔버리고 싶은 고통의 순간이 찾아온다.

이 글을 쓰고 있는 나 또한 마찬가지다. 단 한 줄이 마음에 안 들어 수없이 고치기도 하고, 며칠 동안 단 한 줄을 쓰지 못한 채 스트레스성 두통에 시달리기도 한다. 까다롭고 세심한 편집자와 클라이언트 때문에 며칠을 밤새워 고치고 또 고쳤는데 처음 원고가 통과됐을 때는 정말이지 더 이상 못하겠다고 메일을 보내고 잠적해버릴까 생각하기도 했다.

스물다섯 살에 낸 《살인자의 건강법》으로 평단과 대중에게 천재작가란 칭호를 얻었던 아멜리 노통브. 그후로 20년이 지난 지금까지 《로베르 인명사전》, 《두려움과 떨림》 등 매년 세 권 이상의 책을 내왔다. 막힘없이 술술 작품을 쓸 것 같은 그녀지만 매번 작업에 들어가는 것을 출산의 고통에 비유한다. 막히는 부분 때문에 힘이 들 때면 '아기 때문에 내가 입덧을 하는구나!' 생각하며 작업을 한다고.

지금껏 50여 편이 넘는 작품을 발표한 그녀는 그 비결에 대해 이렇게 말한다.

"꾸준함, 이게 비결이라면 비결이죠. 매일 아침 네 시부터 저녁 여덟 시까지 글을 써요. 어떤 예외도 없어요. 몸이 아프든, 외국 여행 중이든. 꼬박 20년이 넘게……"

그녀의 말에 전적으로 동의할 수밖에 없는 게 아무리 재능이 많다고 해도 끈기가 없다면 그 꿈은 한때의 취미생활이거나 아마추어의 한계를 넘지 못하고 끝날 수밖에 없기 때문이다.

> 꾸준함에는 비결이 있다.
>
> 끈기 있게 무엇을 한다는 것은
>
> 단순히 절제와 인내로 이루어지지 않기 때문이다.
>
> 무언가를 이뤄내려면
>
> 그 길로 향하는 길이 즐겁고 재미있어야 한다.
>
> '내가 왜 이일을 해야 하지?'라는
>
> 의심이 솟구치는 일이어서는 안 된다.
>
> 견디면서 동시에 누릴 수 있는 일이어야만 한다.

푸드스타일리스트인 지인은 매일같이 양파를 수십 개씩 까고, 감자를 깎고, 마늘을 다지고 으깨느라 손에 물집과 습진이 가득하다. 그녀는 자신의 손을 보며 '내가 왜 이 힘든 일을 하고 있나' 푸념하곤 한다. 그럼에도 그 일을 계속하는 것은, 완성된 음식들이 테이블에 예쁘고 먹음직스럽게 세팅됐을 때, 그

음식들을 맛있게 먹는 사람들을 볼 때 느끼는 뿌듯함과 성취감 때문이다. 그것이야말로 매일같이 새벽시장에 나가 재료를 고르고, 물기 마를 날 없는 거친 주방에 돌아오게 만드는 원동력이라고 말했다.

견디면서도 또 누린다는 건 그런 게 아닐까. 힘들지만 그것을 극복했을 때 혹은 성취했을 때 느끼는 행복감으로 그간의 노력을 보상받을 수 있는 것. 그래서 힘들지만 꾸준히 견디고 견뎌 나아가는 것이다.

글을 쓰는 작가라면 그 수많은 시간을 의자에 앉아 쓰고 또 쓰고, 고치고 또 고치며 글을 쓰는 것은 완성한 작품이 한 권의 책으로 나왔을 때의 성취감 때문일 것이고, 화가나 일러스트레이터라면 하나의 작품으로, 운동선수라면 경기에 참여하는 것으로 자신의 노력을 증명할 수 있기 때문일 것이다.

그렇기에 꿈으로의 도전은 생각처럼 쉬운 일이 아니다. 자신이 좋아하고 잘하는 일을 찾는 것도 쉽지 않은데다가, 흔들림 없이 꾸준히 나아간다는 것 또한 상당한 노력을 요하는 일이다. 게다가 개인의 노력만 있어서 되는 것도 아니다. 집안 사정이나 경제적 여건, 사회적 환경이나 주변 요소 등 꿈으로 나아가는 길을 방해하는 요소들이 더 많기 때문이다.

그럼에도 불구하고 꿈을 꾸고
그것을 향해 나아가야 하는 이유는,
꿈을 위해 나아갔던 절실함과 열정, 끈기는
나의 삶에 이력이 되기 때문이다.

보이지 않지만 가장 믿음직한 이력이자 든든한 삶의 이력.

피아노를 배워 단련된 손 근육이 몇 년 쉬었다가도 건반 위에 손을 올리는 순간 거짓말처럼 다시 되살아나는 것처럼 절실함,

열정, 끈기가 몸속에 배어들면 언제든지 무엇이든지 다시 꿈
꿀 수 있기 때문이다.

그렇게 다시 시작할 수 있기 때문이다.

사랑의
삼각형 이론

>
> 아가씨는 장난감 병정이 무사히 돌아온 것을
> 기뻐하는 듯한 표정을 짓고 있었습니다.
> 장난감 병정은 너무 좋아서
> 금방 눈물이 흐를 것만 같았습니다.

《안데르센 동화집 – 장난감 병정》 · 안데르센 지음 · 꿈소담이

예일대학교 심리학 교수인 로버트 스턴버_l가 1986년 발표한 사랑의 삼각형 이론A triangular theory of love에 따르면 사랑은 친밀감과 열정, 헌신 이 세 가지 구성요소로 이루어진다고 해. 이 세 가지 요소의 균형 상태에 따라 다양한 사랑의 형태를 설명할 수 있는데, 친밀감이 큰 경우는 친구관계, 열정이 큰 경우에는 도취성 사랑, 헌신이 큰 경우에는 오래된 관계의 공허한 사랑이 될 가능성이 높다고 말하지.

이 모든 요소들이 부재할 경우에는? 말할 것도 없이 그건 사랑이 아니야. 친밀감, 열정, 헌신. 이 세 가지가 적당하게 균형을 이루어야 완벽한 사랑이라고 부를 수 있대.

역시나 이론으로 푸니 어렵고 뭔가 거창한 것처럼 보이는데, 사실 별거 없어. 서로 소통하며 위해주는 것. 그게 사랑이지 뭐야.

그런데 그 사랑 앞에 완벽이란 두 글자를 붙이기 어려운 것은 모든 사랑이 처음 그 상태로 계속 유지되기 어렵기 때문이야. 한때 뜨거웠던 사랑도 언젠가는 끝이 나거나 언젠가는 식어버리지.

사랑의 더욱 큰 비극은 동시에 시작해도 동시에 끝나지 않는다는 데 있어. 함께라면 더없이 좋았던 두 사람인데 어느 한 사람의 사랑이 먼저 식어버리거나 다른 이에게로 사랑이 옮겨가버리는 거지. 상대가 끝났다고 해서 나 또한 바로 끝내버릴 수도 없으니 사랑은 언제나 부조리할 수밖에 없다 싶어.

외다리 병정과 춤추는 소녀의 사랑이, 로미오와 줄리엣의 사랑이 완벽하게 느껴지는 것은 사랑이 절정일 때 죽음으로써 사랑을 완성시켰기 때문 아닐까?

어느 한 사람이 식거나 변해버려 끝난 사랑이 아니라, 두 사람이 뜨겁게 사랑하는 순간을 간직하면서 생을 마감했으니 그 둘의 사랑은 영원히 식지도, 끝나지도 않는 거잖아.

스무 살 때 〈사랑한다면 이들처럼〉이라는 프랑스 영화를 봤는데, 거기서 여주인공은 남자의 사랑을 영원히 간직하고 싶어서 사랑이 절정일 때 스스로 강물에 빠져 죽고 말아. 여자는 사랑이 식는 게 싫었거든. 남자에게 자신을 잊지 말라는 유언을 남기고 죽어버린 여자의 선택에 엔딩크레디트가 다 올라갈 때까지 극장에 멍하니 앉아 있었어. 너무나 충격적이었거든. '완벽한 사랑은 저렇게 어려운 거구나'. 사랑을 해보기도 전에 사랑의 허무를 보아버린 듯 허탈한 기분이 들었지.

하지만 우리는 완벽한 사랑이 어려운 줄 알면서도 사랑을 해.

상대가 나를 사랑하든, 그렇지 않든
상대가 좋은 사람이든, 아니든
상대가 먼저 시작하고 또 먼저 끝내버리든, 말든

완벽을 기대할 수는 없지만 그래도 최선을 다해서.

끝이 있음을 알고도 나아가는 삶처럼
끝이 있음을 알고도 사랑을 시작해.

세 가지 소원

> 소녀는 꽁꽁 언 손으로
>
> 바구니에서 성냥개비 하나를 꺼냈습니다.
>
> 단 한 개의 성냥개비라도 좋으니
>
> 그 불에 손을 녹이고 싶었습니다.
>
> 소녀가 성냥개비를 긋자
>
> 조그만 불꽃이 따뜻한 온기를 내며 손을 녹여주었습니다.
>
> 그런데 이상한 일이 벌어졌습니다.
>
> 성냥불 안에서 불이 활활 타오르는
>
> 커다란 난로가 보이는 것이었습니다.

《안데르센 동화집 – 성냥팔이 소녀》 · 안데르센 지음 · 꿈소담이

첫 번째 성냥

따뜻한 집과 난로

두 번째 성냥

맛있는 음식이 가득한 식탁과 크리스마스트리

세 번째 성냥

따뜻한 할머니의 품

성냥 불꽃 속에서 본 환상은

소녀가 가장 소원하던 세 가지였다.

우리는 몇 개의 성냥불을 켜야

성냥팔이 소녀의 소원을 이룰 수 있을까?

종종 보는 인생극장 같은 리얼 다큐 프로그램에서 출연자들

에게 소원이나 앞으로의 바람 같은 게 없느냐고 물으면 '더도

덜도 말고 지금만 같았으면 좋겠다'라고 대답하는 사람이 많

았다. 인생의 모든 굴곡과 고난을 거쳐서 이룬 소박한 삶을 곁

에 있는 가족과 오롯이 누리고 싶다는 이야기에 울컥 감동받
고는 했다.

행복이 별건가. 따뜻한 집에서 가족들과 오순도순 치킨에 맥주
한잔 마시면 그게 행복이지.

성냥팔이 소녀가 그토록 소원했던 세 가지
그것도 바로 일상의 행복.

기억을 못하시는군요, 집에 있는 파랑새를

도련님, 행복은 모든 곳에 가득해요.

우리는 웃고 노래하고 춤을 추지요.

그런데도 사람들은 우리가 항상 함께 있다는 걸 몰라요.

제 소개가 늦었죠?

저는 '건강의 행복'이고 저 친구는 '맑은 공기의 행복'이고

저 친구는 '부모님을 사랑하는 행복'이에요.

———————

《파랑새》 · M. 마테를링크 지음 · 미래엔 아이세움

기억을 못하는 우리도 마찬가시다.

오늘만 해도

또 새로운 아침을 맞은 행복

밥 먹는 행복

머리를 감는 행복

새 양말을 신는 행복

커피를 마시는 행복

맑은 날의 행복을 느꼈을 텐데

무언가의 이유로 그 행복들을 금세 지워버렸다.

지옥 같은 출근길

상사의 질책

짜증나는 조별 과제

지루한 영어공부

갚아야 할 대출이자와 원금

해도 해도 끝이 없는 집안일

등, 등, 등

하지만 다행인 건

우리에겐 내일이라는 행복이 남아 있다는 것.

백설공주의
현실 감각

"우리랑 같이 살래? 우리가 돌봐주기로 하지!"

"정말이에요?"

"하지만 청소, 식사, 빨래 같은 집안일을 네가 해야 해."

"좋아요. 그렇게 하겠어요."

《백설공주》· 그림 형제 지음 · 삼성당

누구나 한 번쯤 절망의 끝에서 히우적거려본 경험이 있을 것이다. 일도 연애도 집안 사정도 좋지 않아서 세상에서 나만 제일 불행한 것 같은 때가.

내가 왜,

왜 나만,

왜 나를……

내게만 닥친 불행에 원망과 좌절로 시간을 보낸다면 결국 제자리걸음일 뿐. 잃을 게 없는 것만큼 더 홀가분한 마음으로 새로운 시작을 할 수 있는 걸 알게 된다면 이상하게도 마음이 더 편해진다.

적어도 이것보다 나빠질 수 없을 테니까.

적어도 그보다 더 나쁜 놈은 만나지 않을 테니까.

적어도 지금보다 가난할 수는 없을 테니까.

공주였던 자신을 알아주기는커녕 자신을 포함한 여덟 명의 대식구의 청소와 빨래, 집안일을 해야 한다는 제안에 백설공주는 선뜻 알겠다고 대답한다. 손에 물 한 방울 묻히지 않던 공주에서 일곱 난쟁이들의 집안일을 도맡아 해야 하는 대식구의 가정부로, 하루아침에 처지가 바뀌었지만 아무런 불평도 없이 요리와 청소를 하고 바느질을 하면서 스스로 숲속에서 적응하며 살아가는 방법을 터득해나간다. 화려했던 과거에 사로잡혀 '쓸데없는 자존심'만 내세웠다면 난쟁이들은 이렇게 말했겠지.

"니가 너네 집에서나 공주지, 여기서도 공주인 줄 알아?"

별을 보려면 밤이 어두워야 하는 것 처럼,
가장 어두운 밤에
별들도 가장 잘 보이는 법이다.

일점
호화주의

>

너는 언제까지나 춤만 추어야 한다.

그 빨간 구두를 신고서 말이야.

네가 춤을 추다가 힘들어 죽을 때까지

네가 잘못을 뉘우칠 때까지

그리고 너처럼 사치스러운 생각을 하는 아이들이

너를 보며 잘못을 깨달을 때까지

넌 온 세상을 돌아다니며 춤을 추어야 한단 말이다.

《빨간 구두》· 안데르센 지음 · 삼성당

"

빨간 구두를 신었을 때 카렌은 행복했다.

남루했던 지난날은 지워지고 자신이 주목받을 수 있었으니까.

어린 카렌이 빨간 구두를 신고 싶었던 건 당연하지 않았을까.

그것이 그녀에게는 유일한 호사, 유일한 사치였으리라.

그런데 그 정도로 가혹한 형벌이라니. 정말 너무해, 너무해.

할머니는 모든 것을 절약하고 아꼈지만 마당 한편 정원에 심을 꽃모종을 사는 것만은 과감했다. 맨드라미, 달리아, 접시꽃, 해바라기. 썩 어울리는 조합은 아니었지만 본인이 예쁘다 생각하시는 꽃모종들은 모두 구입해 마당에 심으셨다. 만날 과자 사 먹게 돈 달라는 내게, 종이인형 사게 500원만 달라는 내게, 집에 감자도 있고 옥수수도 있고 먹을 게 지천인데 왜 과자를 또 사 먹느냐며 잔소리폭탄을 투하하면서도.

"할머니는 만날 아껴야 한다면서 먹지도 못하는 꽃모종은 왜 사?"

나의 강력한 항의에 할머니는 이렇게 대답하셨다.

 "예쁘잖아. 먹는 건 잠깐이지만 꽃은 피어 있는 내내 예쁘니
 얼마나 좋아."

할머니는 꽃 사는 데 드는 돈은 하나도 아깝지 않다 하셨다. 보
기도 좋고, 마음도 환해진다며. 할 말이 없어졌다. 사실이었으
니까. 시골에 있는 할머니 댁에 좀 더 자주 가고 싶은 것도 마당
의 꽃대궐 때문이었다는 걸 인정하지 않을 수 없다.

봄꽃이 지면 여름꽃을, 여름꽃도 지고 나면 가을꽃을 심으셨
다. 그리고 가을꽃이 지기 전에 꽃을 따서 곱게 누른 다음 겨울
을 대비해 미닫이문에 창호지를 덧댈 때 그 안에 꽃송이가 작
은 국화꽃을 넣으셨다. 긴긴 겨울밤의 새벽, 푸르스름하게 밝
아오는 빛에 비친 창호지 속 꽃은 선연하게 예뻤다. 일찍 깨어
버린 겨울의 아침, 해가 밝아옴에 따라 변하는 꽃들의 색을 보

며 생각하곤 했다.

　'예쁜 건 좋구나. 아름답다는 건 참 좋은 거구나.'

지금 와서 생각해보니 꽃은 할머니의 일점호화주의 같은 거였
다. 잠은 담요 한 장으로 다리 밑에서 자도 상관없으니 원하는
스포츠카부터 사고 보자. 사흘 동안은 빵과 우유로 때우고 나
흘째는 고급 레스토랑을 가는 거야. 쉽게 말해서 하나쯤은 자
기 자신만을 위한 호사를 누리며 사는 것이다. 그렇지 않으면
고만고만한 월급으로 생활하는 대부분의 우리들은 영원히 아
무것도 손에 쥘 수 없게 되니까.

자식들이 주는 용돈으로 생활했던 할머니는 모든 부분에서 아
꼈지만 유일하게 꽃을 사는 데만은 호사를 누렸던 것이다. 꽃
을 보지 못할 겨울을 대비해 창호지 틈에 꽃잎을 넣어두는 할
머니를 떠올리니 참 귀엽다는 생각이 든다. 할머니의 일점호

화주의 덕분에 손녀의 미적 감각은 하늘 높은 줄 모르고 높아
져 주제도 모르고 미대에 가겠다고 떼를 썼더랬지. 할머니도
자신 앞으로 수백만 평의 땅이 있었다면 타샤 튜터 못지않은
정원의 주인이 되지 않았을까. 지금까지 살아 계셨다면 이제
는 꽃 좀 아는 손녀가 일 년 내내 꽃을 피우는 제라늄과 베고
니아도 심어드리고 꽃송이가 예쁜 황매화나 조팝나무도 잔뜩
심어드렸을 텐데.

무언가 하나쯤은 나를 위해 호화롭게 써도 된다는 할머니의 일
점호화주의를 본받아 나 역시 나를 위해 호사를 누리는 것들이
있다. 사흘을 빵으로 때워도 일주일에 한 번은 소고기를 먹어
줘야 하고, 한 달을 풀만 먹어도 남국의 리조트 선베드에 누워
책을 보며 맥주를 마시겠다는…… 나의 경우에는 일점이 아니
라 '다점' 호화주의라 문제지만. 스포츠카나 명품백이 아니기
에 패가망신할 정도는 아니라서 다행일까.

마음도
번역이 되나요?

"

"왕자님, 정말 저를 사랑하시나요?"

"그럼, 나는 당신이 제일 좋소.

당신은 누구보다 마음이 고운 사람이니까."

'아아…… 왕자님, 당신을 구해준 것도 바로 저였어요.

왜 그걸 모르시나요?'

인어공주는 마음속으로 계속 이렇게 되풀이했으나,

왕자는 그저 사랑스러운 눈길로

공주를 바라보기만 할 뿐이었다.

———

《인어공주》· 안데르센 지음 · 삼성당

"

말을 할 수는 없었지만 왕자와 인어공주는 서로 통했다. 상대의 몸짓, 눈빛 그리고 서로의 마음을 읽었기 때문이다. 사랑은 말이 아니라 서로의 마음의 언어를 얼마나 제대로 파악할 수 있느냐의 문제. 하지만 둘만의 언어는 '이웃 공주'가 나타나는 순간 어긋나버렸다. 왕자가 인어공주의 마음을 더 이상 읽지 않았기 때문이다.

나랏말싸미 중국과 달라 세종대왕은 한글을 창제했지만 같은 한국어를 써도 마음의 언어가 달라서 서로의 마음을 오롯이 전하기란 늘 어렵다. 서로 다른 각자의 언어를 얼마나 번역하느냐에 따라 서로의 친밀감이 쌓이고 사랑이 싹트는 게 아닐까 싶을 정도로.

때문에 사랑은 외국어를 습득하듯 상대의 언어를 보고 듣고 이해하는 시간이 필요하다.

"추워."라고 말했을 때
"춥네."라고 어깨를 감싸주고

"어디야?"라고 물었을 때
"지금 볼까?"라고 대답하는 독해력.

개떡같이 말했는데, 찰떡같이 알아들을 때
말하지 않아도, 서로의 언어를 읽어낼 때

I _____ You

두 사람 사이는
비로소 사랑이란 두 글자로 이어진다.

선물 받지 않을 것들을 선물하다

> 그런 눈으로 절 보지 마세요.
>
> 당신에게 선물하지 않고는
>
> 크리스마스를 넘길 수 없어서 머리를 잘라 팔았어요.
>
> 괜찮죠? 내 머리는 금방 자랄 테니까요.
>
> 짐, '메리 크리스마스'라고 말해줘요.
>
> 그리고 우리 즐거운 기분을 갖도록 해요.

《크리스마스 선물》 · 오 헨리 지음 · 삼성당

오 헨리의 단편인 〈크리스마스 선물〉의 원제는 〈The Gift of the Magi〉다. Magi는 예수님의 탄생을 축하하러 온 동방박사를 가리키는 말로, 동방박사의 선물은 인간이 할 수 있는 지상 최고의 선물이란 뜻이다. 인간이 할 수 있는 지상 최고의 선물, 그건 바로 '사랑'이었다. 두 사람은 서로에게 자신이 사랑했던 시간을 선물했던 것이다.

사람들은 선물로 상대가 좋아하는 것들, 혹은 현금이나 상품권이 제일이라 말한다. 하지만 나는 예상할 수 없는 어떤 것들을 선물 받는 것도 좋은 것 같다. 선물 그리고 현금이나 상품권에서 나올 결과물들은 내 취향을 벗어나지 않음이 분명하니까. 사던 것들을 살 게 분명하니까.

어른이 되면 좀처럼 자신이 정한 입맛이나 취향에서 벗어나지 못한다. 그것은 무수한 시간과 경제력의 결과물이기 때문이다. 하지만 상대의 취향이 담겨진, 스스로는 도저히 돈을 주고 사지 않을 것들은 선물 받게 되면 어쨌거나 쓰게 되고 또 다른 세상을 알게 된다. 그것도 나쁘지 않다.

시작은 친구가 선물해준 앙드레 지드의 《좁은 문》이었다. 책이라고는 만화책밖에 모르던 내게 문학이란 엄청난 문을 열어준 그 친구의 취향에 감사했다. 〈빌 에반스 트리오〉 앨범으로 재즈의 세계를 알게 해준 잠깐의 썸남에게도 감사한다. 생일선물로 받은 전시회 티켓은 처음엔 좀 실망했지만 혼자서 미술 전시 관람을 한다는 새로운 세상을 만나게 해줬다.

"내가 좋아하는 거야. 너의 마음에도 들었으면 좋겠어."

그러니 내 취향에 맞지 않는 선물을 사 왔다고 상대를 타박 마시라. 그것은 자신의 세계를 나와 공유하고 싶다는 상대의 수줍은 구애이기도 하니까. 당신의 취향을 (색다른 방식으로) 고려한 신중하고 신중한 선물일지도 모르니까.

미운 오리 새끼의
엄마

66

"야, 귀여운 우리 새끼들 왔구나.

그런데 한 녀석은 왜 저렇게 생겼을까?"

할머니 오리가 미운 오리 새끼를 보고 말하자

엄마 오리가 말한다.

"다른 놈들보다 몸집이 좀 커서 그렇지 마음씨는 매우 착해요.

차츰 자라면 몸집도 작아지고 예뻐지겠지요."

———————

《미운 오리 새끼》 · 안데르센 지음 · 삼성당

99

어릴 땐, 잘 몰랐다. 부모들두 자식으로 비교당하는 삶을 산다
는 걸. 누구네 집 아들은 그렇게 공부를 잘한다더라, 누구 집 자
식은 그렇게 예쁘다더라, 누구 집 자식은 그렇게 예의 바르고
겸손하더라. 자식이 평가받는 것에 따라 부모들의 어깨가 으쓱
해지기도 하고 축 처지기도 한다는 걸 몰랐다.

공부를 잘하지도 예쁘지도 않은데다 특별한 재능도 붙임성도
없는 나를 키우면서 엄마와 아빠는 어깨를 으쓱할 일도 없었
겠다, 지나가는 소리로 말하니 엄마는 답했다.

"건강하게 잘 자라준 것만으로도 고맙지."

태어나자마자 저체중으로 인큐베이터에 들어가고 이틀에 한
번꼴로 병원을 다닌 병약한 아기였던 내가 무사히 자라서 초
등학교에 들어가 까불까불, 중고등학교도 특별히 아픈 곳 없이
잘 다녀줘서 그것만으로 감사했다, 고 엄마는 말했다.

"우리 애가 알고 보면, 참 착해."

친구들이나 친척들에게 나를 소개하며 머리를 쓰다듬어주던
엄마의 얼굴이 생각나 가슴이 찡해졌다.

남들에겐 미운 오리 새끼여도
내게만은 예쁜 오리 새끼일 수밖에 없는 것.
그게 엄마의 마음이다.

자유의지에 인한
구속

"

라푼젤아! 라푼젤아!

네 머리카락을 늘어뜨려다오.

《**라푼젤**》· 그림 형제 지음 · 삼성당

"

인간의 자유의지가 인간을 인간답게 만드는 것처럼 스스로를 구속시키는 것 또한 마찬가지다. 때로는 스스로를 자유롭지 못하게 함으로써 원하는 것을 얻을 때도 많다. 그 사실을 부모님으로부터 강제 구금을 당하곤 했던 유년 시절에 나는 깨달았다.

"방에 들어가서 하루 종일 꼼짝도 하지 마!"

시험을 못 보거나 뭔가 말썽을 저질러 한나절 방 안에 구금된 나는 숙제도 하고 공부도 했지만 더디게만 가는 시간에 몸이 배배 꼬여만 갔다. 그야말로 탑 안에 갇혀 지내던 라푼젤의 심정이랄까.

그러다 책꽂이에 장식된 채 먼지만 쌓여가던 세계명작소설집이 눈에 들어왔다. 《노인과 바다》, 《무기여 잘 있거라》, 《대지》 등 딱딱한 하드커버에 제목마저 지루해 보이던 소설들. 심심해 죽을 것만 같았던 나는 그 책들을 읽기 시작했고 어느덧 흠뻑 빠져버렸다. 드디어 구금이 풀려 저녁 먹으러 나오라는 엄마의 말도 들리지 않을 만큼.

시간이 많을 때는 다른 우선순위들에 밀려 읽을 생각도 하지 않았던 세계명작소설집이 방에 구금되어 있을 때만큼은 최고의 재미와 즐거움으로 다가왔다. 아울러 그 시간은 인생 최고의 꿀팁을 터득하게 된 계기도 되었다. 때로는 스스로를 한정된 공간과 시간에 구속시켜야 원하는 것을 얻을 수 있다는 사실 말이다. 어쩔 수 없는, 어쩌지 못하는 상황으로 스스로를 밀어붙이고 능력의 한계치까지 끌어올리는 것. 혹은 아무것도 하지 않을 자유를 스스로에게 강제로 주는 것.

20대 때의 나는 도전과 모험을 주변에 공표함으로써 스스로를 구속시켰다. 그랬던 것이 요즘은 귀차니즘으로 인해 아무것도 하지 않는 시간이 많아져, 허송세월하는 걸 방지하기 위한 구속을 시작했다. '돈'의 힘을 빌리는 구속이다.

예를 들면 이런 식. 영어공부나 다이어트를 위해 인터넷 강의와 헬스클럽에 등록하고 돈의 힘으로 스스로를 그 시공간 속에 강제해둔다. 또한 틈만 나면 스마트폰을 들여다보는 나를 책읽기와 글쓰기로 이끌기 위해 데이터를 차단하는 구속까지 추가됐다. 돈의 위력이 아닌 자율적 구속이라면 일주일에 한 번씩 도서관 가기가 있다. 도서관에서 늘 책을 대여하기에 일주일에 한 번씩은 꼭 반납하러 가야 한다. 장기, 상습 연체자가 되면 서울 시내 도서관의 블랙리스트에 오르기 때문에 늦으면 안 된다. 책을 반납하러 가면 또 빌려오는 건 당연한 일. 사실이 아름다운 구속이 생활패턴으로 자리 잡기까지 나는 기십만 원의 연체료를 도서관에 헌납해야 했다.

"그럴 바에 사서 읽겠다."

"연체료가 많은데 다음에 빌리세요."

친구와 도서관 사서의 말에도 나는 굴하지 않았다. 어쩌다보니 나를 강제하는 갖가지 구속들이 나의 삶을 더 이끄는 상황이 되어버렸다.

하긴 생각해보면 우리 삶 자체가 한정된 시간 속에 구속되어 있는 것 아닌가.
지구라는 공간에 구속되어 있고
자신이라는 육체에 구속되어 있다.

구속은 인간의 숙명.
크기와 높이가 다를 뿐
모두가 각자의 삶이라는 탑에 갇힌 라푼젤이었구나.

어디서부터
사랑일까?

"카이를 돌려준다면 이 빨간 구두를 줄게."

그리고 나서 게르다는 보트를 타고 내려가면서

빨간 구두를 미련 없이 냇물에 던졌다.

《눈의 여왕》 · 안데르센 지음 · 삼성당

카이가 눈앞에서 사라진 뒤에야 게르다는 비로소 깨달았다. 다정한 소꿉친구로만 알았던 카이를 진심으로 사랑하고 있음을. 뒤늦게 진정한 사랑을 깨닫고 카이를 찾기 위해 순록을 타고 살을 에는 찬바람을 맞으며 황량한 평야를 달려가는 게르다. 눈의 여왕으로부터 카이를 구한 것은 게르다의 순수한 사랑의 힘이었다.

어디서부터가 사랑일까?
나도 모르게 그가 있는 곳으로
발걸음을 옮길 때부터가 사랑일까.
그를 볼 때마다 가슴이 두근거리는 것을
느낄 때부터가 사랑일까.
생각만으로도 보고 싶어
마음이 벅차오르는 때부터가 사랑일까.
그의 하루가 궁금해지고
그와 모든 것을 함께하고 싶을 때부터가 사랑일까.

아마도 상대를 위해 내 소중한 것을
미련 없이 내어줄 수 있을 때부터가
사랑이 아닐까.

자신이 손에 쥔 것을 하나도 내어주지 않는 채 입으로만 떠드는 사랑은 사랑이 아니다. 사랑이란 치킨을 먹을 때 닭다리 두 개를 다 내어줄 수 있는 거라고 말했던 광고 속 꼬마아이의 말처럼. 상대를 위해 내 소중한 것을 미련 없이 내어줄 수 있을 때. 그때를 비로소 사랑이라 부를 수 있지 않을까?

아무것도 해주고 싶은 마음이 들지 않고,
아무것도 내어주고 싶은 마음이 들지 않는다면
그건 더 이상 사랑이 아닐 것이다.

입장을 바꾸니
내로남불

"

에드워드 왕자의 소망이

고작 맨발로 흙에서 뛰어노는 것이라니

톰은 어이가 없어 중얼거렸다.

"저는 단 한 번만이라도 왕자님의 멋진 옷을 입고

좋은 음식을 먹어보는 게 소원인데

어쩌면 왕자님의 소원은 저하고 정반대일까요?"

———

《왕자와 거지》· 마크 트웨인 지음 · 삼성당

"

입장을 바꿔보면, 처지를 바꿔보면, 절대 알 수 없는 것들을 알게 된다. 거지가 된 에드워드가 백성들의 가난과 고통을 알게 되고, 왕이 된 톰이 상류사회의 허례허식과 가족의 소중함을 알게 된 것처럼. 때로는 지금의 내 모습도 나쁘지 않다는 것 또한 알게 된다.

흔히 타인을 이해하고자 할 때 입장을 바꿔 생각해보라고 한다. 그런데 이제는 입장을 바꿔도 '내로남불'이니 문제다. 한자성어가 아니라 '내가 하면 로맨스, 남이 하면 불륜'이라는 말의 줄임말이다. 자기에게는 관대하면서 타인에게는 엄격한 잣대를 들이대는 인간 이중성의 최대치랄까.

특히나 그 입장을 이미 경험해본 사람들이 '내로남불'을 말하면 듣는 사람 입장에서는 경악스럽다. 더욱 큰 문제는 이 말이 일상곳곳에서 아무렇지 않게 쓰인다는 것.

이력서를 수십 군데 쓰고도 취직이 안 돼 죽을 맛인데 "눈높이를 낮추면 되지. 요즘 애들은 힘든 일을 안 하려고 해서 문제라니깐……."이라 말하고, 꿈을 꿀 여건도 체력도 바닥났는데 '아프니까 청춘'이라며 용기와 도전을 강요한다. 워킹맘으로 일하며 살림과 육아에 힘들어 죽겠는데 우리 때도 다 그랬다며 유세 떨지 말라고 아무렇지 않게 말하는 사람들도 있다.

나 또한 20대 초반 짙은 화장에 짧은 치마를 입고 어른 흉내를 낸 주제에 중고등학생들을 보며 "요즘 애들은 참……."이라며 혀를 찬 적이 있다. 로마 시대 벽화에도 요즘 애들 버릇 없다고 쓰여 있다고 했다나. 나 또한 '그 요즘 애'였던 적이 있었는데 '내로남불' 하고 말았다. 내 입장만, 내가 겪고 있는 현재만, 나만 중요해 빼애액. 뺙뺙거리는 사람들이 너무 많다고들 말한다. 그러면서들 또 말한다.

"물론 나는 아니지."

"나도 한때는 그랬어"
공감한다는 것

"조, 울지 마라. 에이미는 괜찮을 거야.

그리고 너의 급하고 화를 내는 성격은 차츰 고치면 된단다.

엄마도 예전에는 너처럼 툭하면 화를 내곤 했어."

"엄마도요?"

조는 언제나 차분한 엄마가

자기처럼 성격이 급했다는 말이 믿어지지 않아 되물었다.

《작은 아씨들》· 루이자 메이 올콧 지음 · 예림당

가끔 내 생각이나 행동,

이런저런 고민에 대해 누군가에게 털어놓는다.

하지만 그것은 냉철한 조언을 원하기 때문은 아니다.

나의 삶은 그 누구의 것도 아닌 나의 것.

결국 선택도 책임도 나의 몫.

그럼에도 불구하고

누군가에게 나에 대한 이야기를 하는 것은

공감과 작은 위로를 얻기 위함이 아닐까?

　"괜찮아, 나도 그런 적이 있어."

　"괜찮아, 다음엔 잘될 거야."

　"괜찮아, 그럴 때도 있는 거지."

누군가 내 삶에 작은 위로를 건네는 것.

그것이 '답'이 될 수는 없지만

그것만으로 나는 충분히

괜찮아진다.

가장 소중한 것은
가장 평범한 모습으로
가까이 있다

"

알라딘, 저 아래에는 보물이 잔뜩 있단다.

보물은 다 가져도 좋으니,

나에게 램프만 가져다 주렴.

《알라딘과 요술 램프》 · 앙투안 갈랑 원작 · 웅진다책

"

어릴 적 나는 자주 '장화 신은 고양이'나 '요술램프의 지니', '신데렐라의 요정'이 나를 지켜주었으면 바라곤 했다.

내가 하기 싫은 일들을 대신 해주었으면 바라곤 했다. '소공자'처럼 어디엔가 부자 할아버지가 따로 살아 계셔서 엄마가 사주지 않은 물건들을 다 사주면 좋겠다는 철없는 상상을 하기도 했다.

나이가 들어가면서, 독립을 해 살아가면서 알게 됐다. 부모님은 언제나 나의 '장화 신은 고양이'였고 '요술램프의 지니'였고 '신데렐라의 요정 할머니'였다는 것을.

어른이 된 후부터는 엄마의 참견과 잔소리가 적어져 《오즈의 마법사》 속 착한 마녀 글린다처럼 이젠 날 믿기 때문에 내 앞에 나타나지 않는 거라고 생각했는데 착각도 잠시, 엄마에게 온 전화 한 통.

"냉장고에 총각김치랑 파김치랑 밑반찬 넣어뒀고, 닭볶음탕
은 만들어 전기레인지 위에 올려놨으니 데우기만 하면 돼. 잊
지 말고 챙겨 먹어."

어릴 적엔 별반 부럽지 않았지만 요즘 최고 선망의 대상인 '우
렁 각시'가 되어 돌아온 엄마.

이제는 그 무엇도 부럽지 않다.

가장 좋은 것이 가장 평범한 모습으로
가까이 있다는 걸 알고 있으니까.